점점
단단
해지는 중입니다

점점 단단해지는 중입니다

초판 1쇄 발행 2021년 07월 11일

지 은 이 김영미
그 린 이 김연준
펴 낸 이 이세연
기획 편집 박진영
디 자 인 신혜림
본문서체 마포금빛나루, 마포한아름

펴 낸 곳 도서출판 혜윰터
주 소 (06242) 서울특별시 강남구 강남대로 354 혜천빌딩 11층
팩 스 02-3474-3885
이 메 일 hyeumteo@gmail.com   **인스타그램** www.instagram.com/hyeumteo

ISBN 979-11-967252-8-0 03810

점점
단단
해지는 중입니다

김영미 에세이

나이는 숫자에 불과한 라이더가 전해주는 짱짱한 마음 근육 생성기

혜윰터

차
례

까짓것, 일단 한 번 달려봅니다

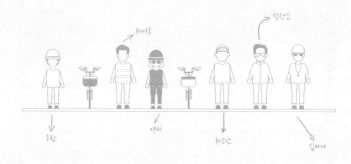

불현 듯 마주친 길에 콩닥콩닥

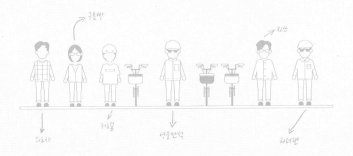

달리고 맛보고 즐기고 반하고

영미의 에너지는 어디에서 오는가

딱딱한 아스팔트를 벗어나
숲이 우거진 샛길로 들어섭니다
바람이 결을 가르고 풍경이 마음을 적십니다
오롯이 내 몸에 의지해 가다 서다 세상을 마주하니
여름 햇살에 지친 풀 한 포기마저 정겹습니다
어느새 자전거와 나는 길동무가 되었습니다

불현듯 맞이한 급회전 길목에서
잠들었던 불안이 불쑥 용암처럼 솟아납니다
페달을 구르던 발이 굳어지고 자전거는 멈췄습니다
자리에 서서 다시 바람을 느끼고 풍경을 담아봅니다
천천히 안장에 올라 조심스레 페달을 굴려봅니다
달린 만큼 꿈꾼 만큼 행복해집니다

오늘도 나는 점점 단단해지는 중입니다

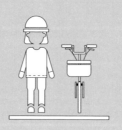

자전거를 질질 끌며 바둥거리는 환갑의 나를 보고
지나던 사람들은 무슨 생각을 했을까. 딱하다고 생각할까.
꼴사납고 우스꽝스러우려나. 상관없다.
오늘 나는 하루치 두려움을 덜어냈을 뿐이다.
신기하다 못해 대견해 죽겠다.

-한 번 타보실래요 중에서-

까짓것, 일단 한 번 달려봅니다

자전거와 엮이다

나는 두 번의 자전거 사고를 겪었다. 지금으로부터 15년 전, 큰딸이 고등학교에 다닐 때 일이다. 아파트 단지 내 경사진 도로를 내려오던 한 아이가 브레이크를 잡지 못하고 인도에 서 있던 나를 그대로 덮쳤다. 첫 번째 자전거 사고였다. 그 사고로 꽤 오랫동안 병원 신세를 졌다. 이후, 나는 자전거를 타기는커녕 스치기만 해도 달려들 것 같아 온몸이 움츠러들곤 했다. 그때는 앞으로 살면서 다시 자전거에 올라탈 일은 없으리라 확신했다. 자전거를 향한 두려움이 사그라지는데 꽤 오랜

시간이 걸렸다.

2016년 봄, 사고의 기억을 딛고 다시 자전거를 타게 되었다. 당시 나는 도보로 세계 곳곳을 여행하며 6개월간의 긴 해외여행도 끄떡없는 체력이 되어있었다. 우연히 자전거로 세계여행을 다닌다는 사람의 글을 잡지에서 읽고 나도 모르게 도전해보고 싶은 욕구가 샘솟았다. 내 욕구를 눈치챘는지 어느 날 지인이 덥석 자전거를 선물했다. 선물을 받자마자 아이처럼 팔짝거리며 무작정 안장에 올랐다. 당장이라도 자전거를 타고 세계 일주를 떠나고 싶었다. 그날부터 나는 자전거에 대한 나쁜 기억을 지우기 위해 부단히 적응해나갔다. 무엇이든 성실히 하고 보는 나는 마침내 자전거에 대한 두려움을 말끔히 씻어버렸다. 한강 자전거길도 유유히 달릴 수 있게 되었고 팔당대교와 인천도 넘나들 만큼 능숙해졌다. 그토록 바라던 자전거 세계 일주가 눈앞에 펼쳐졌다. 2017년 뜨거운 여름이었다.

커브를 돌며 뭔가 잘못됐음을 직감했을 땐 이미 늦었다는 걸 깨달았다. 자전거는 맹렬히 미끄러졌고 나의 왼쪽 다리는 심하게 뒤틀려버렸다. 두 번째 자전거 사고였다. 다리가 떨어져 나가는 고통이 밀려왔다. 출산의 고통이 이랬던가. 감히 비교해도 손색없을 통증이었다. 다리를 부여잡고 병원 응급실로 향했다. 고통 속에서 엑스레이 촬영을 했다. 왼쪽 종아리뼈가 선명하게 금이 가 있었다. 병원에선 당장 수술을 권했다. 나는 병원을 다섯 군데나 전전하며 수술하지 않고 치료가 가능한 방법을 찾아 헤맸다. 다행히 두 곳의 병원에서 자연치유가 가능하다는 희망적인 진단을 받았다. 하지만 부러진 뼈가 붙을 때까지 모든 활동을 자제한 채 오랫동안 깁스를 해야 했다. 더불어 매일 집과 정형외과를 오가며 골절된 다리의 신경을 치료하기 위해 척추 언저리에 엄청나게 큰 침을 맞았고, 다리뼈가 올바르게 자리 잡을 수 있도록 종아리부터 허리까지 잡아주는 도수치료를 받았다. 고통스러운 과정은 4개월 동안 이어졌다. 제일 사랑하는 등산은커녕 일상생활조차 제대로 꾸려가지 못했다.

완치 후 1년 동안은 산에 다녀오면 어김없이 다리가 쑤셨다. 견디기 어려워 병원 치료를 받았다. 그래도 걸을 수 있음에 감사했다. 지금은 끈질긴 치료와 주변의

돌봄 덕분에 다리는 거의 정상에 가깝게 돌아왔다. 가족들은 물론 나 자신과도 절대 자전거 근처에는 얼씬대지 않겠다고 다짐 또 다짐했다. 나와 자전거의 인연은 여기까지라고 생각했다. 그때는 그랬다. 정말이다. 하지만 도저히 접을 수 없었다. 자전거를 타고 세계를 여행하는 꿈.

3년 전부터 참가하고 있는 모임의 몇몇 회원들이 신기한 자전거를 타고 등장했다. 어린이용 자전거처럼 바퀴가 아주 작고 귀여웠다. 보는 순간 제일 먼저 '저 정도면 나도 탈 수 있겠는데'라는 생각이 들었다. 다시는 없을 줄 알았던 찰나의 희망이 고개를 들었다. 저 자전거라면 세계 일주도 가능하지 않을까. 모임 내내 자전거에서 눈을 떼지 못했다.

"한 번 타 보실래요?"

나의 욕망을 눈치챘는지 제이크가 넌지시 물었다. 거

절하지 않고 자그마한 자전거 페달에 발을 걸쳐보았다. 하지만 곧바로 온몸이 굳어졌다. 안장에 앉을 엄두도 내지 못한 채 자전거에서 발을 뗐다. 아직은 시간이 더 필요하다는 생각이 들었다.

"다시 올라가 보세요."

제이크의 말에 나는 엉거주춤한 자세로 자전거에 앉았다.

"안장을 가운데로 하고 양쪽으로 다리를 놓은 다음 핸들을 잡고 걸어보세요."

그의 지시대로 나는 다리 사이에 자전거를 놓고 찬찬히 걸어보았다. 걷는 게 쉽지 않았지만 좀 전보다 자전거에 대한 불안이 잦아들었다.

"내가 뒤에서 붙잡고 있으니 이젠 안장에 앉으세요. 페달은 돌리지 마시구요."

제이크가 자전거를 꼭 붙들고 있는 것을 확인한 후 나는 안장에 앉았다. 잠시 뒤 천천히 자전거가 앞을 향해 나아가기 시작했다. 무서워서 나도 모르게 비명을 질렀다. 두 번째 사고 이후 2년 만에 타 보는 자전거였다. 그날 밤 나는 두려움과 동시에 실낱같은 희망을 엿

보고 말았다.

　며칠 후, 애써 틔운 마음의 싹을 잘라버릴 수 없던 나는 자전거를 빌려 한강에 나가 타지는 못하고 내내 끌고 다녔다. 자전거에 대한 두려움을 없애려는 나만의 필사적인 자구책이었다. 매일매일 조금씩 두려움을 지워나갔다. 자전거가 익숙해질수록 서서히 마음의 안정이 찾아왔다. 나는 조심스레 페달에 발을 올리고 앞을 향해 나아가기 시작했다. 불과 몇 미터 나아갔을 뿐인데 손에서는 진땀이 버적버적 솟고 온몸이 뻣뻣해졌다. 그날 나는 앞으로 나아가기만 수십 번 반복했다.

　자전거를 질질 끌며 바둥거리는 환갑의 나를 보고 지나던 사람들은 무슨 생각을 했을까. 딱하다고 생각할까. 꼴사납고 우스꽝스러우려나. 상관없다. 오늘 나는 하루치 두려움을 덜어냈을 뿐이다. 신기하다 못해 대견해 죽겠다.

엄마, 오늘도 연습하러 가?

오늘도 나는 한강으로 출근한다. 자전거를 타기 위해서다. 어제도 출근했고 내일도 출근할 예정이다. 아이들은 지독하게 출근 도장을 찍는 환갑의 엄마를 차마 말리지 못했다. 자식들의 염려를 모를 리 없지만 나는 모른 척 매일 집을 나섰다. 언제부턴가 집안에 팽팽한 긴장이 감돌기 시작했다. 하지만 누구도 먼저 이야기를 꺼내지 않았다. 두 번의 자전거 사고로 힘겨워했던 엄마의 시간을 고스란히 지켜봤던 아이들은 엄마의 지독한 열정에 대놓고 찬물을 끼얹지 못했다. 두 번째 사고 이후 아이들 앞에서 단 한 번도 자전거를 다시 타고 싶다는 말을 입 밖으로 꺼낸 적이 없었다. 내가 좋아하는 산에 다시 오를 수 있다는 것만으로 감사했다. 정말로 한동안은 자전거에 대한 어떤 동요도 일지 않았다. 자전거를 탔던 기억은 점점 흐려져 갔다. 결국 자전거 타는 법도 잊지 싶었다. 아니, 이미 잊었다고 생각했다. 나도 자전거를 향한 내 열정에 깜짝 놀랐다. 그동안 용암보다 더 뜨거운 에너지를 어떻게 참고 있었을까? 모든 것이 운명처럼 느껴졌다. 자전거를 탈 수밖에 없는 운명. 설령 아이들이 반대한다 해도 난 포기하지 않을 거다.

오늘도 모른 척 서로 아침 인사를 건넸다. 부디 엄마가 자전거 타기를 포기해 주길 바라는 간절한 염원이 담긴 인사다. 스트레스 받지 않고 날마다 즐겁게 살고 싶다던 엄마가 기를 쓰며 자전거 연습에 매진하고 있으니 걱정이 이만저만이 아닐 것이다. 저러다 큰 사고라도 당하면 그땐 어찌해야 하는지 아이들의 얼굴에 염려가 한가득이다. 결국 큰딸이 먼저 입을 열었다.

"엄마, 자전거가 뭐라고 그렇게까지 힘들게 애를 쓰는 거야?"

"나도 잘 몰라. 그치만 자전거를 타느라 애쓰는 내

마음이 행복해."

그러고 보면 나는 늘 애를 쓰며 살아왔다. 힘겹게 고개 하나를 넘을 때마다 펼쳐지는 세상의 맛이 얼마나 즐겁고 행복한지 알고 있어서가 아닐까. 마주하지 못하고 피하고만 싶던 자전거라는 고개를 넘어보고 싶다. 익숙해질 때까지 자전거를 타며 피나는 노력을 하던 그때 내 모습이 사랑스럽다.

자전거는 이제 일상이 되었다. 서울, 대전, 대구, 부산을 찍고 제주, 목포, 김천, 신안 앞바다 섬까지 종횡무진 달리고 또 달렸다. 하지만 자전거에 대한 두려움을 완전하게 떨쳐내지는 못했다. 아마 영원히 지워내지 못할 것이다. 예기치 못한 돌발사태는 언제 어디서든 일어나니까. 그때마다 내면에 잠자고 있던 사고의 기억은 휴화산 용암처럼 불쑥 튀어 올랐고 열심히 페달을 돌리던 나의 굳건한 두 발이 딱딱하게 굳었다. 잠시 자전거를 멈춰 세우고 여러 번 깊게 숨을 몰아쉰다. 차츰 솟구쳤던 마음이 가라앉으면 아무 일 없었다는 듯 다시 페달을 돌린다. 나는 오늘도 달리고 있다. 달린 만큼 꿈꾼 만큼 행복해지니까.

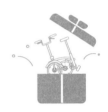

"자전거 바퀴가 작아서 속도 내기가 어려워."

"위험하다 싶을 땐 땅바닥에 발을 내려놓으면 돼."

"핸들에서 손을 놓으면 하나도 안 다쳐. 자전거만 땅으로 떨어지거든."

"접이식이라 타다가 피곤해지면 버스나 지하철을 타면 돼."

"해외여행 가서도 들고 다니기 참 편리하다니까."

아이들의 눈이 왕방울만 해지더니 동시에 나를 향해 소리를 질렀다.

"엄마, 자전거 타고 해외여행도 가시려고요?"

자전거 세계 일주가 꿈이라는 말까지 차마 하지 못하고 입을 다물었다. 또다시 침묵이 찾아왔다. 자식들의 냉랭한 눈초리가 따가웠다. 오뉴월인데도 집안은 몹시 썰렁했다.

환갑의 나이에 자전거를 다시 타고 싶다고 우기는 엄마가 철부지처럼 보이겠지만 아이들은 누구보다 나를 잘 안다. 엄마는 한 번 마음먹으면 꼭 하고야 만다는 걸. 이미 결심을 굳혀버린 엄마의 표정을 보며 설득할 시기는 지났다고 판단했는지 아이들의 질문이 바뀌었다. 타려는 자전거는 안전한지, 브랜드와 모델명은 정했는지, 가격은 얼만지, 함께 자전거를 타는 회원들은 어떤 사람들인지, 다들 라이딩 경력은 어느 정도인지, 주로 어떤 코스를 많이 가는지 등등 꼬치꼬치 캐물었다. 오호라, 이토록 긍정적인 질문이라면 언제나 대환영이다. '엄마의 자전거 타기를 허하노라'라며 통 크게 말해주진 않았지만 아이들과 나의 마음은 이심전심으로 통하고 말았다.

암묵적 동의가 이어지던 어느 날 아침, 출근하려던

아들이 무덤덤하게 툭 말을 건넸다.

"엄마가 타고 싶다던 자전거 모델명 알려주세요. 제가 엄마 환갑 선물로 사 드릴게요."

아들은 잊지 않고 잔소리를 덧붙였다.

"이젠 정말로 조심해서 타셔야 해요. 또 다치시면 엄마 좋아하는 등산도 걷기도 못하시는 거예요"

그러고는 무심한 듯 애틋하게 출근해버렸다. 꿈인가 생시인가. 선물이라니? 그것도 자전거를? 이건 분명 꿈일 거야.

"동네 사람들, 우리 아들이 철없는 엄마를 위해 환갑 선물로 자전거를 사주겠답니다. 하하하."

이토록 기쁜 소식을 만천하에 알리며 팔불출 소리를 듣는 대신 나는 집안 곳곳마다 '야호'를 외치고 다녔다. 엄마의 마음을 얼마만큼 헤아려보고 내린 결정일지 생각하니 미안함이 밀려왔다. 엄마의 간절함을 알아주는 아들의 마음 씀씀이에 눈물이 났다. 자식 키운 보람을 온몸으로 느끼는 순간이었다. 나는 다짐한다. 행복한 만큼 안전하고 오래오래 자전거를 타기로. 고맙다, 아들.

누구나 초보였어요

아들이 사준 자전거를 타고 나는 매일같이 한강 자전거길을 맴맴 돌며 연습에 매진했다. 아들이 사줘서 더 든든하고 안전해 보이는 건 기분 탓인가. 다리도 별로 안 아프고 오히려 더 튼튼해지는 기분이 든다. 역시 우리 아들이 사준 자전거가 최고다.

새로 산 자전거에 흠뻑 빠져있던 어느 날, 드디어 올 것이 오고야 말았다. 내가 속한 자전거 모임에서 '시티 라이딩'에 참가할 회원을 모집한다는 글이 올라온 것이다. 마음은 이미 서울 시내 곳곳을 누비고 있었지만, 생초짜나 다름없는 나로선 감히 꿈꿀 수 없는 도전이었다. 속속 올라오는 참가 신청 댓글들을 부러워하고 있는데 피터팬에게 연락이 왔다. 삼송역에서 만나 모임 장소까지 함께 가자고 했다. 내가 당연히 참가할 거라고 생각한 모양이다.

"시티 라이딩 참가하기엔 아직 초보예요. 다시없을 좋은 기회인 건 알지만, 맘만 가지고 참여했다가 주변에 누를 끼칠 것 같아요. 다음엔 꼭 참여할 수 있도록 더 열심히 연습할게요."

나는 아쉬운 마음을 과감히 접고 정중히 사양했다.

"누구나 초보였어요. 편하게 가셔도 됩니다."

누구나 초보였다? 그러고 보니 초보를 벗어나는 방법은 제자리 연습이 아니라 좀 더 어려운 과제에 도전하고 실패를 거듭해야 하는 것 아닌가. 끊임없이 반복하는 무한 의지. 그것이야말로 초보를 벗어나는 유일한 길이라는 걸 잠시 잊고 있었다. 도대체 무슨 핑계를 대고 있던 거지? 나는 덥석 참가 의사를 밝혔다. 하지만 첫 라이딩을 떠나기 전날까지 내 마음은 수시로 오락가락하며 설렘과 두려움을 반복했다.

'도심에서 자전거 타기도 처음인데 비까지 내린다고?

지금이라도 못 간다고 말할까? 이런 기회가 다시 올까?'

한강 자전거도로를 벗어나 자전거를 탄 채 차로 옆을 달리고 사람 사이를 지나는 일은 생각만으로도 두렵다. 거기에 비까지 내려주신다니. 두려움이 커질수록 이번이 아니면, 여기서 주저앉으면 앞으로 절대 자전거도로가 아닌 곳에서는 탈 수 없을 거란 생각도 커져만 갔다. 그럼 당연히 자전거 세계 일주도 포기해야 한다. 어차피 한 번은 넘어야 할 산이다.

당일 아침, 폭우가 내릴 거라는 일기예보와 달리 부슬비가 곱게 내리고 있었다.

"가자."

모임 장소인 삼송역까지는 지하철로 이동해야 한다. 접이식 자전거의 최대 장점이 버스나 전철 등을 손쉽게 이용하는 것이라지만 초보인 나에게는 그것 자체가 부담이었다. 사람들이 많은 지하철역에서 신속하게 자전거를 접고 펴는 일이야말로 고도의 기술이기 때문이다. 긴장의 연속이었다. 차라리 집부터 삼송역까지 자전거로 갈 걸 그랬나. 하지만 새벽부터 40킬로미터가 넘는 거리를 달리는 것도 부담스럽다.

우려와 달리 자전거는 안전하게 접혔다. 다음은 지하철 역내로 들어서는 에스컬레이터를 타야 한다. 에스컬레이터에 자전거를 어떻게 태워야 하지? 제이크와 여러 번 연습을 해봤지만 혼자 하려니 눈앞이 캄캄했다. 드디어 엉거주춤 자전거를 붙잡고 에스컬레이터에 올랐다. 불과 몇 초가 몇 시간처럼 느껴졌다. 지하철을 타고 나서야 안도의 한숨이 입 밖으로 새어 나왔다. 캄캄했던 시야가 그제야 환해졌다.

아이코, 너무 긴장을 풀어놓은 걸까. 약수역에서 반대 방향으로 향하는 지하철을 타버리고 말았다. 몇 정거장이 지나서야 알아채고 다시 돌아갔다. 여유롭게 출발한 덕분에 다행히 약속 장소에 늦지 않고 도착할 수 있었다.

드디어 역사의 순간이 시작되었다. 내 생애 처음 자전거를 타고 통일로를 달려야 한다. 한강 자전거도로가 아닌 일반 도로에서의 첫 주행이다. 피터팬은 마치 초등학생 아이를 데리고 가는 것처럼 아주 천천히 주행하며 나를 위해 세심한 설명을 이어나갔다.

"도로 턱은 직각으로 올라서야 미끄러지지 않아요."

"인도에서는 최대한 천천히 가되 사람과는 되도록 거리를 두고 가야 해요."

"경사길이 보이면 미리 기어를 저단으로 바꿔야 가파른 길을 오르기 쉬워요."

하지만 피터팬의 설명은 이해 못 한 듣기 평가처럼 순식간에 지나갔다. 주변을 살피며 끝없이 페달을 돌리는 것 자체가 나에겐 엄청난 부담이었다. 모든 것을 단번에 몸에 익히는 건 무리였다.

얼마나 달렸을까. 유유히 흘러가는 공릉천을 따라 도로 한쪽에 줄지어 늘어선 가로수들이 눈에 들어왔다. 어린 시절 보았던 시골 풍경이 눈앞에 펼쳐졌다. 평화로운 전경을 눈 속에 담으니 가슴이 따뜻해졌다. 너무 긴장한 탓에 '멋져요'라는 말만 무한 반복했지만.

징검다리 앞에 다다르자 앞서가던 피터팬이 갑자기 자전거를 어깨에 둘러메고 공릉천 아래로 내려가는 것이 아닌가.

'설마 자전거를 메고 징검다리를 건너는 건 아니겠지?'

상황 파악도 하기 전에 피터팬이 내게 손짓을 했다.

놀란 표정으로 서 있던 나는 엉거주춤 자전거를 둘러메고 따라내려갔다.

"자전거 안장을 어깨에 올리고 몸통 부분을 잡으세요. 자, 이제 건너갑니다. 천천히 한발 한발 딛고 오세요."

백패킹(backpacking)과 배낭여행을 즐기는 나에게 20킬로그램짜리 배낭은 참 친숙하다. 오늘은 배낭 대신 자전거를 메고 길을 걷는다. 익숙하지 않아 조금 불편하지만 자전거가 무겁게 느껴지지 않는다. 무사히 징검다리를 건넜다.

"대단한데요."

피터팬의 칭찬에 긴장이 풀리고 웃음이 나왔다. 선생님에게 칭찬받은 학생처럼 어깨가 들썩거렸다. 전보다 페달을 돌리는 다리도 훨씬 자연스러워졌다. 조금씩 잘 적응해가고 있구나. 내가 무척 대견스러웠다.

필리핀 참전비를 지나 국도를 따라 달렸다. 차들이 어찌나 속도를 내며 지나가는지 느슨했던 마음이 다시 팽팽해졌다. 무사히 모임 장소에 도착했다. 나의 첫 라이딩이 무사히 끝났다. 삼송역부터 목적지까지 달리는

내 모습이 파노라마처럼 흘러갔다. 오늘은 내가 자전거
를 타고 세상 밖으로 나온 첫날이다.

영
미
야,
도
망
치
지
말
자

　삼송역부터 통일로를 따라 달렸던 첫 '시티 라이딩'
의 여운이 가시기도 전에 이번에는 '시야라'에 도전해야
했다. 시야라는 '시티 야간 라이딩'의 줄임말이다. 장소
는 인사동 밤거리.

　'서울 시내 밤거리를 자전거로 간다고? 내가?'

　도심구간을 달리는 야간 라이딩은 자전거 여행을 하
는 사람들에겐 필수 코스다. 초보 딱지를 떼지 못한 나
의 내면에 또다시 극심한 갈등이 몰려왔다. 살다 보면
거역하기 어려운 순간들을 만나게 되지만 그 순간을 정

면으로 넘기고 나면 훨씬 성장한 나를 만나게 되는 법.

'영미야, 도망치지 말자.'

이미 대세는 정해졌다. 애써 태연한 척하며 두 번째 산을 넘기로 마음을 굳혔다. 자전거야, 잘 부탁한다.

인사동의 밤은 한적했다. 하지만 익선동은 사람들의 물결로 출렁거렸다. 서울의 핫플레이스인 줄은 알고 있었지만 이 정도일 줄은 몰랐다. 나는 자전거를 타지 못하고 끌바^(자전거를 타지 않고 끌고 가다)로 사람들 사이를 비집고 걸었다. 혹여나 자전거 바퀴가 지나는 사람들과 부딪칠까 조심스러웠다. 긴장하며 걸으니 익선동 밤의 열기를 느낄 겨를이 없었다. 무사히 빠져나오기만을 바랄 뿐. 라이딩을 하는 모든 순간이 배움의 현장이지만 특히 시야라는 새로운 학습의 시간이었다.

드디어 집으로 돌아갈 시간이다. 버스를 탈 것인가 자전거를 탈 것인가. 자전거를 타자니 서울의 밤이 버겁고 버스를 타자니 자전거를 들어 올리는 일이 수월치 않다. 세 번째 산을 넘을 것인가 말 것인가.

"전 버스로 가겠습니다."

"마장동까지 함께 가면 거기서부턴 혼자서도 갈 수

있으시죠? 내가 앞장서서 갈 테니 따라오시면 됩니다. 자, 갑니다."

차소년은 말이 끝나기 무섭게 '쌩'하고 달려 나갔다. 혼자선 엄두가 나지 않는 길을 동행해 준 차소년의 마음이 고마운 동시에 부담스러웠다.

종로에 있는 자전거도로는 폭이 너무 좁았다. 자전거 타는 사람들을 보호하기 위한 안전봉이 나를 향해 달려오는 것 같았다.

'괜찮아, 괜찮아.'

'하나, 둘, 하나, 둘.'

천천히 숫자를 세면서 페달을 돌렸다. 위기의 순간마다 움찔하면서도 깊게 심호흡을 하며 스스로를 격려했다. 버스 정류장이 있는 곳에는 아예 자전거도로가 없었다. 버스를 피해 옆 차선으로 나갔다가 다시 자전거도로로 들어와야 했다. 고개를 돌려 옆 차선을 보는 일도 쉽지 않았다. 처음 운전대를 잡았을 때가 생각났다. 전방 주시를 하면서 동시에 백미러를 살핀다는 게 참 힘들었는데 그때보다 더 힘들다. 정류장에 버스가 서 있으면 나는 잠시 자전거에서 내려 버스가 출발하기를 기다렸다가 다시 달렸다. 자전거도로를 침범하는 택시들도 난관이었다. 택시는 승객을 태우거나 하차시키기 위해서 불쑥불쑥 자전거도로를 무단 침입했다. 평소에는 관심도 없었는데 지금 나의 안전과 직결되고 보니 주변의 모든 것이 위협적으로 다가왔다. 바람은 서늘한데 진땀이 났다. 무서웠다. 하지만 언젠가는 겪어야 할 상황이기에 포기하지 않았다. 앞서가는 차소년의 뒷모습을 놓치지 않기 위해 열심히 페달을 굴렸다.

종각에서 시작한 길은 동대문까지 이어졌고 동대문에서 청계천으로 우회전했다. 역시 동대문의 밤은 화려하고 대낮처럼 밝았다. 북적거리는 두타몰을 지나 신평화시장 입구로 들어섰다. 밤이 되니 하루를 시작하는 사람들로 도매 시장이 바글거렸다. 시장엔 활기가 넘치고 있었다. 일부 구간에서 갑자기 자전거 전용도로가 사라졌다. 앗, 그럼 어디로 가야 하지? 순간 당황해서 황급히 차소년을 찾았다. 그는 유유히 차량 사이를 빠져나가고 있었다. 나도 자전거를 탄 채 따라가고 싶었지만, 마음을 거두고 내 페이스대로 자전거에서 내려 천천히 차량 사이를 빠져나왔다. 이렇게 험난한 줄 알았다면 거절하고 버스를 탔을 텐데. 후회가 밀려왔다.

청계천 끝자락인 청계 6가를 지나 청계 7가에 들어서자 거리가 한산했다. 자전거 전용도로도 다시 나타났다. 긴장이 풀리자 숨쉬기도 한결 수월해졌다. 막 100미터 전력 질주를 끝낸 기분이 들었다. 마장동에 도착한 후, 우리는 각자의 집으로 향했다. 차소년은 한강으로 나는 정릉천으로.

드디어 오롯이 혼자가 되었다. 나는 자전거를 멈추고 한동안 흘러가는 정릉천을 바라보았다. 엄청난 인생의 고비를 넘기고 방금 살아 돌아온 사람 같다. 스트레칭을 하면서 올려다본 밤하늘이 유독 청명하다. 집으로 내달리는 길은 매번 다니던 길이라 그런지 밤인데도 마음이 편안했다. 도망치지 않고 큰 산들을 넘고 나니 두 바퀴로 자유롭게 더 멀리 갈 수 있는 자신이 생겼다. 일상으로 돌아오기까지 꽤 많은 시간이 필요할 것 같지만 자전거로 만나는 앞으로의 세상이 기대된다.

"자전거는 그냥 타면 되는 거 아냐? 잘 타는 법이 따로 있어?"

대부분 자전거 타기에 대해 쉽게 말한다. 직접 타보지 않은 사람들은 모른다. 시내를 달릴 때의 그 생생함을. 두 번의 자전거 사고를 이겨낸 나로선 생각만 해도 아찔하다.

"안전하게 자전거길만 달리면 되잖아? 무서우면 안 하면 되잖아?"

누군가는 이렇게 말하겠지. 하지만 꼭 하고 싶다. 왜

냐고? 언젠가 반드시 자전거를 타고 세계 곳곳을 누비고 싶으니까. 그게 내 꿈이니까. 꿈이 없는 삶은 생각해 본 적이 없으니까. 이렇게 나는 늘 꿈을 꾸고 그 꿈을 현실로 만들기 위해 노력한다. 목표를 향해 노력하는 내 모습이 난 너무 좋다.

자전거를 타고 다니다 보니 문득 60년 이상 살아온 서울의 구석구석을 살펴보고 싶다는 생각이 들었다. 특히 옛 모습을 잘 간직하고 있는 도심 곳곳의 골목길을 말이다.

좁은 골목 끝 아담한 집. 그 앞에 자전거 한 대가 서 있다. 쏟아지는 햇살이 자전거를 비추자 햇빛에 반사된 자전거 핸들이 반짝 빛을 낸다. 빳빳하게 다린 교복을 입고 나와 자전거에 몸을 싣는 앳된 얼굴의 소녀 영미가 보인다. 신나게 골목길을 질주하는 영미. 윤기가 흐르는 단발머리가 바람에 찰랑거린다.

정겨웠던 그 시절 속 나를 상상하니 행복하다. 세계 일주를 떠나기 전에 먼저 내가 태어나고 자란 서울 시내 곳곳을 찾아다녀야지. 골목길 여행에 자전거만큼

찰떡인 녀석이 또 있을까. 넌 나의 콤비다. 그것도 명콤비. 떼려야 뗄 수 없는 사이다. 도심 골목길 여행을 위해서는 능숙한 라이딩이 필수지만 지금은 나만의 속도로 달려야 한다. 결혼 초에는 밥 짓는 일이 너무 어려웠지만 이젠 눈 감고도 찰지고 맛 좋은 밥을 짓는 내가 아닌가? 매일 열심히 자전거를 타다 보면 나만의 방식으로 자유로워지는 날이 오겠지. 조금 늦어지면 어떠리. 언젠가 나도 능숙해지겠지. 그때까지 열심히 성실하게 탈 것이다. 나는 성실이 무기인 사람이니까.

첫 라이딩은 동호회 회원들의 도움으로 무사히 마칠 수 있었다. 용기를 낸 덕분에 도심에서 자전거를 타고 이동하는 즐거움도 몸으로 느낄 수 있었다. 이젠 복습을 통해 몸에 익혀야 한다. 지난번 회원들에게 배운 대로 나는 홀로 복습 라이딩을 가기로 마음먹었다. 복습만큼 좋은 공부는 없으니까. 언제일지는 몰라도 결국은 혼자 힘으로 세상 밖에 나가야 하니 체득한 긴장과 열정이 가시기 전에 서둘러 복습해야지. 생각보다 몸이 잘 따라주지 않겠지만 안 되면 될 때까지 하는 거다. 한 번, 두 번, 세 번… 반복만이 살길이다. 나는 한 치의

망설임도 없이 자전거를 끌고 집을 나섰다. 하늘이 흐리긴 하지만 비 소식은 없으니 자전거 타기엔 딱 좋은 날씨다.

정릉천을 따라 마장동까지 가는 자전거 전용도로는 친정 나들이 가는 것처럼 편안했다. 연습 삼아 수십 번을 오고 간 덕분이다. 마장동에서 청계천을 따라 광화문까지 가는 길. 차도와 자전거도로 사이에 놓인 안전봉이 자꾸 나에게 달려드는 것 같다.

"영미야, 당황하지 마. 천천히 가면 돼."

나는 주문처럼 스스로를 다독이며 크게 심호흡을 했다.

마장동에서 황학교까지 불과 1.4킬로미터를 이동했을 뿐인데 호흡이 점점 거칠어졌다. 긴장한 탓인지 어깨도 아프고 손도 저렸다.

"영미야, 당황하지 마. 천천히 가면 돼."

나는 천천히 들숨을 들이마셨다가 날숨을 내뱉었다. 일요일이라 도로에 차가 많이 없어 다행이었다. 20여 분 남짓한 거리가 왜 이리 멀게 느껴지는 걸까. 서울에서 대전까지 온 기분이 들었다. 신호도 여유롭게 기다리지 못하고 안절부절 신호등에서 눈을 떼지 못했다. 재빨리 출발하는 일도 어려운데 비보호 좌회전 차라도 맞닥뜨리면 그대로 굳어버렸다. 잠시 쉬어가는 게 좋겠다는 생각이 들었다. 나는 전태일 다리 위에서 자전거를 멈춰 세웠다. 쉬면서 주변을 둘러보니 유유히 자전거를 즐기는 사람들의 모습이 눈에 들어왔다. 순간 세상에서 가장 부러운 모습이었다.

'언젠가 나도 저런 날이 오겠지.'

포기하고 집으로 돌아갈까 싶었지만 돌아가는 길도 만만치 않다. 그럴 바엔 광화문까지 가보는 거다.

'다른 사람이 20분에 가면 난 한 시간에 가면 되지 뭐.'

연습한 덕분인지 전방 주시가 조금씩 수월해짐을 느꼈다. 횡단보도에 멈췄다가 다시 출발할 때의 리듬도 조금씩 달라졌다. 자전거와 한 몸이 될수록 점점 배짱이 생겼다.

드디어 청계천 2가. 오늘은 「차 없는 거리」를 시행하는 주말이라 차도가 텅 비었다. 청계광장까지 편안하게 페달을 돌렸다. 드디어 도착이다.

"아, 해냈다!"

올림픽 메달리스트처럼 격한 감동이 올라왔다. 나 혼자 자전거를 타고 시내를 질주하다니. 감격의 순간을 누군가와 함께 할 수 없다는 게 아쉬웠다. 대신 맘속으로 나에게 박수를 쳐주었다. 모든 긴장을 내려놓자 그제야 길이 보이기 시작했다. 수백 번 아니, 수천 번을 지나다니던 길이 나만을 위한 역사적 현장이 되어 새롭게 다가왔다. 나는 이 감동의 순간을 천천히 길게 음미했다.

"수고했어. 자주 만나자!"

돌아가려고 자전거에 오르는 나를 향해 길이 외쳤다.

"그래, 자주 보자."

나는 자신에 찬 목소리로 답했다. 청계천을 거슬러 왔던 길로 되돌아간다. 올 때보다 훨씬 마음의 여유가 생겼다. 출발할 때는 무조건 앞만 보고 달렸는데 돌아갈 때는 주변도 조금씩 기웃거리게 되었다. 나는 끝까지 기분 좋은 긴장감을 유지한 채 마장동까지 복습 라이딩을 마쳤다.

정릉천 자전거길에 들어서자 천국이었다. 시원한 바람이 내 머리카락을 쓰다듬으며 나에게 말했다.

"영미야, 정말 잘했어. 앞으로도 오늘처럼 욕심내지 말고 천천히 즐기자."

나는 대답 대신 씨익 웃어주었다. 안도감과 뿌듯함이 시원한 바람과 더불어 애틋한 저녁이었다. 자전거 타길 정말 잘했어.

콧바람 든 아가씨처럼 교외로 향하는
경의 중앙선에 무작정 몸을 실었다
정해진 목적지 없이 떠나는 자전거 여행길에서
목적지는 중요하지 않다
파란 하늘을 보며 달릴 수 있는 곳이면 족하다
-마음 가는 대로 페달은 돌아가고 중에서-

불현 듯 마주친 길에 콩닥콩닥

마음 가는 대로 페달은 돌아가고

'하늘은 왜 이리도 파란 걸까?'

파란 하늘을 핑계 삼아 자전거를 타고 집을 나섰다. 청량리역에 도착해 콧바람 든 아가씨처럼 교외로 향하는 경의중앙선에 무작정 몸을 실었다. 정해진 목적지 없이 떠나는 자전거길에서 목적지는 중요치 않다. 파란 하늘을 보며 달릴 수 있는 곳이면 족하다.

등산복을 입은 사람들이 용문역에서 내릴 채비를 한다. 다들 배낭을 메고 있는 걸 보니 등산 가는 모양이다. 나도 따라 내려 용문산으로 향하는 그들을 뒤로하고 반대 방향으로 내달렸다. 한참을 벗어나 지명을 보니 '지평'이란다. 어디서 많이 들어봤는데. 앗, 지평 막걸리! 막걸리는 지평이 으뜸이라며 특별히 주문해 마시던 몇몇 지인들의 얼굴이 스쳐 갔다. 그들과 함께였다면 시원한 막걸리 한 잔 나눴을 텐데. 나는 다음을 기약하고 지평 이곳저곳을 둘러보았다. 지평초등학교 안에도 들어가 보고 멋지게 신축된 지평 면사무소도 둘러보았다. 지평 면사무소 옆에는 주민자치센터뿐 아니라 지평 도서관, 지평 헬스장이 있다. 문화시설이 알차다. 소박하고 조용한 도시에서 자연을 벗 삼아 매일 시골길을 달리며 살아도 좋겠다.

지평을 지나 월산 저수지로 향했다. 저수지 물이 참 깨끗했다. 큰 저수지는 아름드리 벚나무들에 둘러싸여 있었다. 봄이라면 저수지를 한 바퀴 돌며 벚꽃 잔치를 벌였을 텐데 아쉽다. 이른 아침인데도 부지런한 낚시꾼들은 이미 좌대에 낚싯대를 드리우고 앉아 물고기를 기다리고 있었다. 많이 잡혔는지 궁금해진 나는 슬그머니 다가갔다.

"라면 좀 드실래요?"

낚시에 방해될까 조심스러웠는데 마음 넉넉한 강태공들이 라면을 들다 말고 함께 하자고 청한다. 그들의 초대에 마음이 따스해졌다. 나는 풍어가 될 그들의 오늘을 기원하며 자리를 떠났다.

약 7킬로미터 거리에 있는 영화 <건축학개론>의 촬영지 중 한 곳인 구둔역으로 향했다. 구둔역은 서울 청량리역과 경주를 오가는 중앙선 열차가 정차하던 간이역이다. 당시 청량리에서 출발해 하루 4회 운행했다. 2012년 8월에 폐역이 되면서 더 이상 열차가 서지 않는다. 구둔역은 아련한 추억만 간직한 채 그 자리를 지키고 있었다.

구둔역으로 가는 길에 된비알(몹시 험한 비탈)을 만났다.

'하나, 둘, 하나, 둘.'

나는 마음속으로 구령을 붙이며 호흡을 유지했다. 땀이 한가득 흘렀다. 천천히 쉬지 않고 페달을 돌리니 어느덧 고개를 넘어섰다. 나도 모르게 "야호"하고 작은 탄성을 질렀다. 쉬지 않고 단번에 업힐(uphill)도 가능하다니! 모두 연습의 결과다. 자랑스러워진 나는 열심히 나를 칭찬해 주었다. 내리막길에 들어서자 날아오를 것처럼 온

몸이 가볍다. 하지만 경계심을 늦추지 않고 일정한 속도를 유지한 채 다운힐(downhill)을 즐겨야 한다. 드디어 평지. 작은 산 하나를 뚝딱 넘다니 대단하다. 무언가를 배우고 한 단계 성장했음을 느꼈을 때의 맛이란! 나는 그 달콤한 성취감을 맛보기 위해 연습하고 또 연습한다. 산을 하나 넘으니 한적한 시골길이 나왔다. 아직 지지 않은 벚꽃들이 눈에 들어왔다. 왜 이제야 보러 왔냐며 서운해하는 것 같다. 페달을 돌릴 때마다 상긋한 바람이 지나갔다. 구둔역이 얼마 남지 않았으니 힘내야지.

"앗…"

입구엔 「구둔역 관광지 폐쇄」라는 현수막이 붙어있었다. 돌아서기 아쉬워 역 앞까지 가보기로 했다. 지나기에도 비좁은 도로에 쉴 새 없이 차들이 오르내렸다. 그 사이를 빠져나가느라 진땀을 뺐다. 자동차는 아래쪽에 주차하고 길을 걷는 것도 괜찮을 텐데. 자동차 사랑이 지나친 건 아닌지.

"역사 내에는 들어갈 수 없습니다."

관리인이 입구를 가로막으며 말했다.

"구경하려고 일부러 용문역부터 자전거 타고 왔는데요…"

체념하지 못한 내 마음속 하소연이 입 밖으로 새어 나왔다. 그 소리를 들었는지 관리인은 슬그머니 문을 열어주며 툭 내뱉었다.

"다른 사람들 오기 전에 빨리 둘러보고 나오세요."

이렇게 고마울 수가! 역사 안으로 들어가니 할 일을 끝낸 기차가 철로 한쪽에 서 있었다. 목적지 '병점'이라고 쓰여 있었다. 이 열차는 병점까지 달렸나 보다. 기차 앞에는 자그마한 종이 매달려 있고 짧은 글귀도 적혀 있었다.

환상 열차의 종소리

행운은 우연히 찾아오지 않습니다.
꿈을 이루기 위해 미래를 달려가는
당신의 노력이 행운을 부릅니다.

구둔역에서 종소리를 울리는 지금이
당신에게 행운이 찾아오는
바로 그 시간입니다

"그럼, 그럼. 맞는 말이지."

나는 200퍼센트 공감했다. 그러고 보니 길 위에서 행복을 느끼고 있는 지금이, 이곳까지 달려와 글귀를 읽고 있는 지금이 모두 나의 노력으로 만들어낸 행운 아닌가. 역시 나는 노력파임에 틀림없다. 영화 속 청춘 남녀처럼 선로 위를 걸어본다. 이곳을 지났을 수많은 사람들의 이야기가 들려오는 것 같아 귀를 기울였다.

나는 왔던 길을 다시 돌아갈 것인지 좀 더 앞을 향해 달릴 것인지 고민했다. 이곳부터 여주까지 약 20여 킬로미터. 잠시 쉬었으니 오후 라이딩을 즐기기에 적당한 거리다. 나는 여주를 향해 페달을 밟았다. 괜찮은 식당이 있으면 늦은 점심을 먹어야지. 없으면 가져온 삶은 고구마와 커피를 즐겨도 좋다. 혹시나 하는 마음에 주변을 둘러봤지만 끌리는 식당은 찾지 못했다. 허기가 진 나는 쉼터가 될 만한 곳에 자리를 잡았다. 고구마의 달달함과 커피의 쌉싸름한 궁합이 이토록 절묘할 수가.

여주로 들어서니 낯익은 길이 펼쳐졌다. 남한강 자전거길을 달리며 봤던 그 길이다. 관광지라 그런지 신륵사를 둘러싸고 도자기 공방, 도서관, 식당, 공원, 캠핑장, 황포돛배 나루터가 있다. 공원 산책길에 들어서자 벚꽃 향이 퍼졌다. 한낮의 열기로 후끈해진 몸을 초록 내음이 시원하게 물들여주었다. 황포돛배 나루터는 캠핑하는 사람들로 북적거렸다. 대부분 차박(여행할 때 자동차에서 잠을 자고 머무름) 여행객이다. 그들이 가져온 크고 요란한 텐트 용품과 푸짐하고 넘치는 음식들에 잠시 놀랐다. 화려한 그들 곁을 지나 강가로 내려와 한적한 곳에 자전거를 세우고 간이의자를 펼쳤다. 강물을 벗 삼아 잠시 눈을 감고 흘러가는 물소리를 들었다. 바람이 조용히 내 곁으로 와 머물렀다. 드디어 나만의 공간 속에 들어왔다. '아, 행복해!'라는 나의 속삭임이 허공으로 둥실 떠올랐다. 나는 가져온 「꾸베씨의 행복 여행」을 읽기 시작했다. 얼마나 지났을까. 심술궂은 바람이 마구 책장을 넘긴다. 책에만 빠져있는 내 모습을 시샘한 건가. 바람에게 미소 짓고 다시 꾸베씨와 함께 여행을 떠났다.

어느새 해가 떨어지고 있었다. 왔던 길을 돌아가야 할 시간이다. 나는 아들, 손자, 며느리까지 모인 개구리들의 대합창을 들으며 세종대왕릉 역까지 내달렸다. 무사히 라이딩을 마치고 집으로 가는 열차에 몸을 실었다.

'한적한 강가에서 책이나 읽고 와야지'하며 가벼이 떠난 자전거 여행은 애초 목적지를 잊은 채 용문행 전철을 타는 순간 용문으로, 구둔역 팻말을 보는 순간 구둔역으로 자유로이 방향을 틀었다. 내게 목적지보다 푸른 하늘 속을 떠다니는 구름처럼 자전거와 함께 언제든 떠날 수 있는 지금이 제일 중요하다. 폐역에서 울려 퍼지던 행운의 종소리를 되새기며 나는 오늘 찾아온 행운의 시간에 감사했다.

할까 말까 싶을 때

"지금은 전화를 받을 수가 없습니다."

수없이 걸어 봤지만 ARS 응답만 돌아올 뿐 받지 않는다. '무슨 일이 있는 건 아니겠지?' 걱정이 꼬리에 꼬리를 물자 마음이 심란해졌다. '혼자서라도 타야 하나.' 잠시 고민의 시간을 가졌다가 나는 주섬주섬 옷을 챙겨 입고 나갈 채비를 했다. '할까 말까 싶을 땐 일단 하자'고 입버릇처럼 말했던 내가 아니던가. 오늘 같은 날, 페달을 밟지 않고 저녁을 맞이하게 되면 100퍼센트 후회만 남으리라. 저녁부터 강풍을 동반한 비가 올 거라는 일기예보 때문에 마음은 어수선하지만 꿋꿋하게 집을 나서보기로 했다. 일기예보가 틀릴 수도 있잖아. 게다가 아직 하늘은 너무 멀쩡하다. 비가 올 줄 알고 집에 있었는데 종일 맑으면 그 허탈감을 어찌할꼬. 비가 많이 내려 도저히 자전거를 탈 수 없게 되면 그때 가서 버스나 지하철로 이동하면 된다. 내 자전거는 접이식 자전거라 간편하지 않은가. 달리지 못할 이유가 아무것도 없다.

정릉천을 지날 때부터 서리가 조금씩 날리기 시작했다. 비가 아니라 옷도 안 젖고 좋네. 간만에 얼굴을 스치는 찬바람에 정신이 번쩍 들었다. 생각보다 춥지 않아 좋다. 나는 마장동에서 응봉나들목까지 달린 후 다시 주란에게 전화를 걸기로 했다.

'판초를 가지고 나오라고 해서 우중 라이딩 요령을 알려줘야지.'

서울숲을 지나 성수대교, 영동대교, 잠실대교 그리고 잠실철교까지 계속해서 그녀에게 전화를 걸었다. 역시 받지 않는다. 오늘은 끝내 그녀와 연이 닿지 않을 모양이다. 나는 그녀를 향한 미련을 버리고 철저히 혼자가 되어 달리기로 마음먹었다. 이왕 나선 김에 반포대교까지 한 바퀴 돌고 집에 가야지. 날씨가 안 좋아선지 한강엔 자전거를 타는 사람도, 걷는 사람도 없다. 지나는 동안 한 사람도 만나지 못했다. 한강을 홀로 달리는 기분도 썩 나쁘지 않다. 한강의 주인이 된 듯한 기분이랄까. 날이 어두워지자 가로등 불이 하나씩 켜졌다. 반포대교를 건너는 동안 바람은 몹시 잠잠했다. 강풍 예보는 빗나간 걸까. 아니면 폭풍전야인가. 잠수교로 들어서는 순간 날 비웃기라도 하듯 세찬 바람이 엄습해 왔다. 잠수교 정상에 오르니 자전거마저 휘청거렸다. 나도 모르게 소리를 질렀다.

"엄마야!"

나는 핸들을 꼭 부여잡고 천천히 내려가기 시작했다. 정상을 지나니 바람은 언제 그랬냐는 듯 다시 잠잠해졌다. 한 치 앞도 모르는 게 인생이라는 말을 실감하는 순간이었다. 마장교를 지나 다시 정릉천으로 돌아왔다. 집 근처는 이미 비가 다녀갔는지 길이 제법 젖어 있었다.

'오늘은 운 좋게 비를 피해 다녔네.'

그야말로 비 사이로 막 다닌 날이다. 운수대통이다.

집에만 있었다면 정말 후회할 뻔했다. 움직이면 반드시 행운이 찾아온다는 걸 다시 깨닫는 순간이다. 아랑곳 않고 열심히 돌아다닌 내가 기특하다.

"참 잘했어, 영미야."

오늘의 나는 칭찬받아 마땅하다. 어깨가 으쓱거리고 기분이 춤을 춘다. 하지 못할 이유가 백가지 있어도 해야 할 이유가 단 한 가지라도 있으면 일단 시도해야 후회가 없다. 그래서 생각보다 몸이 앞서는 나에게 종종 뜻밖의 좋은 일이 생기는지도 모르겠다. 오늘의 영미는 백 점 만점의 백 점이다.

그냥, 내가 좋아하는 길

오전 내내 정신없이 일들을 처리했더니 오후에는 제법 여유가 생겼다. 집에 있으니 콧바람이 쏘이고 싶어 몸이 근질거린다. 자전거 타고 한가로이 시간을 보내고 싶다. 딱 꼬집어 '요기요'라고 할 만한 목적지가 없을 때는 발길이 향하는 곳으로 가면 된다.

오늘은 고양시 '창릉천'이다. 그곳에 가면 고향에 온 것처럼 마음이 편하다. 한적한 시골길에 서서 북한산을 바라보는데 겨드랑이 사이로 시원한 바람이 스쳐 간다. 자전거와 함께 이 길을 처음 달리던 날, 이곳에 와서 살면 좋겠단 생각을 했다. 누군가 그곳이 왜 그렇게 좋으냐고 물으면 꼬집어 말할 순 없지만 굳이 설명이 필요 없는 그냥 '내가 좋아하는 길'이다. 모든 것에 반드시 이유가 있어야 하는 건 아니니까.

집에서 출발해 삼청동, 광화문, 서대문을 지나 마포대교 북단 자전거도로에 진입했다. 역시 나오길 잘했다. 주말의 시내 라이딩은 언제나 긴장의 연속이다. 인도는 사람으로 차도는 자동차로 가득하다. 서울 도심에서 자전거도로가 있는 곳은 손에 꼽을 만큼 적다. 한강으로 들어서니 잔디밭, 자전거도로, 보행로 모든 곳이 사람들로 가득하다. 코로나 이후에 한강은 사람들이 더욱더 북적여 몸살을 앓고 있다. 하늘공원을 지나고 난지도를 벗어나면 행정구역이 서울시에서 경기도로 바뀐다. 서울을 벗어났다는 사실에 마음이 편해졌다.

고양시 대덕생태공원으로 들어선 나는 잠시 페달링 속도를 늦췄다. 강물과 서해가 만나는 이곳은 하루 두 번 강물이 거꾸로 흐르는 모습을 볼 수 있다. 썰물이 들고난 자리에 버드나무가 무리 지어 자라고 있다. 생태습지가 가득한 이곳은 환경적으로도 매우 중요한 위

치라고 한다. 나는 잠시 자전거를 세우고 갯물^{(강이나 내에서}
^{흘러드는 바닷물)} 숲에서 불어오는 바람을 맞으며 걷기로 했
다. 강기슭에는 밀물과 썰물의 바다 흔적이 느껴졌다.
시원한 서해 내음을 느끼기에 충분했다. 강매동 석교
를 지나자 드디어 창릉천이 시작되었다. 끈적거리던 서
울 바람도 창릉천에 들어서니 상큼해졌다. 북한산 입구
까지 계속 직진이다. 스치는 풍경에만 집중할 시간이다.
억새로 넘실거렸던 가을의 창릉천 변이 지금은 싱그런
초록으로 출렁거린다. 한강엔 자전거를 탄 사람들로 가
득한데 이곳은 손에 꼽을 정도다. 불과 몇 킬로미터 떨
어진 곳인데 참 한가롭다. 내 마음도 한결 차분해지고
페달링 속도도 느려졌다. 창릉천을 따라 조성된 텃밭에
는 다양한 채소들이 가득 자라고 있었다. 텃밭에서 상
추를 따는 아주머니의 바쁜 손길을 보고 있으니 문득
그녀의 저녁 식탁이 궁금해진다. 어린아이 손을 잡고
산책 나온 젊은 부부의 뒷모습도 정겹다. 창릉천 변은
웃자란 잡풀마저 사랑스럽다.

　잠시 자전거에서 내려와 유유히 흐르는 창릉천에 마
음을 실어본다. 그야말로 무념무상이다. 물을 따라 흘

러가는 내 마음을 잠시 내버려 두기로 했다. 극히 평범한 일상에서도 더없는 행복을 느끼는 요즘이다. 연륜이 가져다준 선물인가 보다. 그래서인지 요즘엔 서울 말고 지방 소도시에서 살아보고 싶다. 초록의 향에 취해 페달을 굴리니 어느새 창릉천의 끝자락 삼송이다. 날이 조금씩 어두워지고 있다. 자전거를 타고 왔던 길을 되돌아갈지 북한산 입구에서 버스를 탈지 잠시 고민하다가 연신내역까지는 자전거로 이동한 후에 버스를 타기로 마음을 정했다. 이곳에서 집까지는 자전거로 세 시간 가까이 걸리지만 연신내역에서는 그 절반이면 충분하다. 어두워지는 도심을 지나니 금세 연신내역이다. 마침 타야 할 버스가 도착 2분 전이라는 알림이 떴다.

엄청나게 멋진 길이 아니어도, 꼭 봐야 하는 죽여주는 풍경이 없어도 괜찮다. 시원한 바람을 가르며 여유롭게 달리는 시골길에서 나는 마음의 평화를 얻는다. 달리는 내내 스르르 행복이 밀려든다. 누군가의 말처럼 행복은 멀리 있지 않다. 나는 두 손 가득 가슴 가득 행복을 품고 집으로 향했다.

골목골목 추억여행

내가 타고 다니는 자전거는 덩치가 작아 도심 곳곳을 산책하기 안성맞춤이다. 평균 시속 10킬로미터를 유지하며 주변을 찬찬히 둘러보기도, 가다 서다를 반복하기에도 좋다. 또 접기만 하면 아무 곳에나 세워놓아도 자리를 차지하지 않으니 도심 곳곳 골목 여행을 다니기에 무척 유용하다.

광화문에서 자주 만남을 갖는 나는 대중교통 대신 자전거를 타고 이동한다. 곳곳에 쉴 수 있는 공간이 많고 대형서점도 있어 가장 좋아하는 만남의 장소다. 오랜만에 옛 추억도 소환할 겸 어린 시절 먹었던 맛난 음식들을 만나러 반나절 자전거 여행을 떠났다. 돈의문 박물관 마을에서 시작해 맛나 분식에 들러 떡볶이를 먹고 후식으로 익선동 라벤더 아이스크림까지 즐길 예정이다. 반나절 투어를 마치고 나면 청계천을 달려 돌아와야지. 나이가 제각각이라 추억의 대상도 다르지만 누구나 어린 시절의 나를 환기시켜 주는 추억의 장소쯤은 있게 마련이다. 나에게는 돈의문 박물관 마을이 그렇다. 마을을 둘러볼 때마다 '맞아, 그땐 그랬지'라는 말이 터져 나온다. 그런데 돈의문은 좀 낯설다. 어디에 있던 문이기에 들어본 적이 없을까. 알고 보니 사라진 서대문의 다른 이름이 돈의문이다. 1396년에 세워졌으나 1413년 경복궁의 지맥을 해친다는 이유로 폐쇄되었다가 1422년 정동 사거리에 새로 조성되었다. 이때 새문이라는 별칭도 붙었다. "아, 새문안교회!" 명칭에 얽힌 궁금증은 우리나라 최초 장로교회인 새문안교회의 유래까지 알려주었다. 언더우드 선교사가 그의 집에서 예배를 드리며 시작된 교회는 철거 후 신축되었다. 전면이 유리로 되어있어 태양의 위치가 바뀔 때마다 교회

모습도 달라진다. 광화문에 갈 때마다 예배당 앞에 서서 유리에 비춘 거리 풍경을 사진에 담는다. 오늘도 찰칵~

서울시가 문화공간으로 조성한 돈의문 박물관 마을은 어린 시절 향수에 젖게 하는 쉼터 같은 곳이다. 조선시대부터 일제강점기까지 흔적들은 영화 세트장으로 사용해도 손색없을 만큼 생생하다. 우리나라 근현대사 100년이 살아있는 마을에서 내가 살던 돈암동 한옥도 찾았다. 당시 우리집은 안방과 건넌방이 마루를 사이에 두고 있었다. 나와 여동생 둘은 건넌방에서 지냈다. 어깨를 맞대고 누워야 할 만큼 작은방이었지만 우리 자매들의 웃음이 끊이지 않던 곳이다. 한국에 무척 오고 싶어 하는 독일인 친구를 떠올리며 언젠가 함께 갈 목록에 추가했다. 마을 중앙으로 가면 쉬어갈 수 있는 너른 쉼터와 벤치가 곳곳에 있다. 자전거 세워놓을 자리도 마련되어 있어 라이더들은 한여름 더위를 피해 쉬어갈 수 있다. 나는 복고 스타일의 사진을 남기기 위해 열심히 더 멋진 스폿을 찾아다녔다.

자전거를 타고 돈의문 박물관 마을에서 광화문을 거

쳐 종로 3가까지 10여 분을 달려가면 유년 시절 떡볶이를 맛볼 수 있는 곳이 있다. 간판 없는 떡볶이 가게로 유명한 「맛나 분식」이다. 김 할머니가 29년째 고집스럽게 이어오고 있는 가게는 하루 일정량만 판매하고 주말에는 문을 열지 않는다. 떡볶이를 먹으려면 시간을 잘 맞춰야 한다. 나도 여러 번 헛걸음했다. 오늘은 운 좋게 떡볶이를 먹을 수 있다. 탄력 넘치는 떡볶이를 한 입 베어 물자 쫀득한 식감이 다음 떡볶이를 부른다. 어묵 꼬치는 고추를 넣고 끓여 아주 얼큰하다. 호호 불어가며 뜨거운 국물을 마시는 순간, 칼칼한 국물이 목을 타고 내려간다. 뜨거운 국물이 이토록 시원할 수가! 이것이야말로 나이를 먹으면 알게 되는 어른의 맛이리라. 고추 장아찌가 콕 박힌 매운 김밥까지 환상의 하모니를 이룬다. 살기 위해 먹는 것치곤 너무 잘 먹는 것 같다. 맛있는 걸 먹을 때마다 혹시 먹기 위해 사는 건 아닌가 싶기도 하다. "맛있다, 맛있어." 먹는 내내 맛있다는 말을 감탄사처럼 읊조렸다. 자, 이제 매운 떡볶이로 혀를 마비시켰으니 달달한 라벤더 아이스크림으로 입가심을 해볼까. 익선동에 가면 보랏빛 아이스크림을 들고 다니는 사람들을 심심치 않게 볼 수 있다. 현대와 옛것의 문화가 자유롭게 어우러진 동네는 작고 예쁜 상점들이 가득하다. 두 명만 나란히 걸어도 꽉 찰 정도로 작은 골목길엔 한옥들이 즐비하다. 예쁘게 리모델링한 한옥들은 금방이라도 천장에 머리가 닿을 것만 같다. 카페, 음식점, 각종 소품가게, 꽃집 등 다양한 가게들이 저마다 개성 있는 모습으로 손님들의 눈길을 사로잡는다. 손님이 되어 눈으로 훑고 지나가기만 해도 즐거운 동네다. 역시 아이스크림 가게 앞엔 사람들이 즐비하다. 나도 젊은이들 사이에 줄을 섰다. 홋카이도 여행길에서 먹었던 맛과 똑같다. 그때도 아이스크림을 손에 들고 아이처럼 좋아했는데. 오늘도 나는 아이가 되었다. 자전거를 타면서 군것질이 더 늘었다. 하지만 열심히 운동하니까 괜찮다고 나를 위로한다. 맛있게 먹으면 0칼로리 세상 아닌가. 오랜만에 추억도 소환하고 맛난 군것질도 했으니 본격적으로 달려볼까.

집으로 돌아가기 위해 청계천 자전거도로를 탔다. 자전거길은 약 5킬로미터 거리로 청계광장에서 용두동 고산자로까지 뻗어있다. 청계천을 곁에 두고 달릴 수 있어 하천 풍경과 더불어 동대문시장, 청평화시장을 모두 구경할 수 있다. 밤에 펼쳐지는 화려하고 분주한 시장 풍경은 지루할 틈이 없다. 가끔 평화시장에 들러 마음에 쏙 드는 모자를 득템하기도 한다. 그런 날은 어김없이 페달을 밟는 내 두 발이 춤을 춘다. 요즘 청계천 자전거도로가 공사 중이라 달리는 차와 오토바이를 피해 조심해서 페달을 돌려야 했다. 소풍 가는 아이 마음처럼 설렘을 가져다주는 반나절의 도심 속 골목 여행이 끝났다. 가슴속 설렘이 쉽게 가라앉지 않는다.

질주 본능 그녀와 로드무비

애초에 한강 종주를 할 생각은 없었다. 봄맞이 여주 자전거길을 달리던 도중, 길바닥에 쓰인 「4대강 종주」와 「한강 자전거길」이라는 이정표를 본 주란이 나를 향해 앞뒤 없이 묻기 전까지는.

"4대강 종주가 뭐야?"

"한강부터 낙동강, 금강, 영산강까지 이어지는 자전거길이야. 800킬로미터가 넘을걸. 섬진강 자전거길까지 포함하면 아마 1,000킬로미터 넘을 거야."

"그래? 우리도 가자. 자전거 4대강 종주."

의욕적인 제안을 마다할 이유는 없었지만 나도 모르게 말꼬리가 흐려졌다.

"좋기는 한데 거리가 무척 길고 코스도 만만치 않을 텐데."

"그래도 일단 한강 자전거길부터 시작해보자."

생글생글 웃는 주란을 보니 예전 그녀 모습이 생각났다. 나를 처음 산으로 인도한 친구 주란은 산악 마라톤을 즐기는 여성이다. 나는 산에만 가면 날다람쥐가 되어 걸어 다니는 아니, 날아다니는 그녀 뒤꽁무니를 쫓아다니는 일만으로도 숨이 턱턱 막혔다. 그녀는 한 개의 산을 넘는 것에 만족하지 않고 굽이굽이 이어진 봉우리를 타는 것을 좋아했다. 불암산에 오르면 수락산에서 도봉산까지 한달음에 걸어 다니는 그녀를 쫓아다니다 보니 나도 제법 산을 잘 타게 되었다. 요즘 들어 부쩍 의기소침해진 그녀이기에 무슨 근심이 생긴 건가, 뒤늦게 갱년기 우울증이라도 찾아온 건 아닐까 걱정했는데 의욕적인 모습을 보니 다행이다. 우리는 한밤중이 돼서야 서울에 도착했다. 주란이와 함께 4대강 종주를 떠날 생각에 전혀 피곤하지 않았다. 오히려 알차고 행복했다.

이틀 뒤에 있을 4대강 종주를 대비해 자전거 종주 인증 수첩도 미리 챙겨놓고 자전거 국토 종주 인증 앱인 자전거 행복 나눔 설치도 끝마쳤다. 이번 구간은 여주부터 충주호까지다. 여주 역은 두 번이나 다녀간 곳이라 찾기 쉬웠다. 미세먼지 때문에 날은 꾸물거렸지만 바람은 시원했다. 오히려 볕이 뜨겁지 않아 좋았다. 여름철 자전거길은 그늘이 별로 없어 라이딩을 하다 많이 지치곤 한다. 강천보 자전거길은 이포보 구간과 별반 다를 게 없지만 공원과 캠핑 시설이 잘 조성되어 있었다. 강가 주변은 물놀이도 할 수 있고, 일몰도 멋져 자전거 타고 캠핑 오면 참 좋겠다.

"우와, 진짜 좋다."

그녀의 감탄사가 끊이질 않고 이어졌다.

"네가 좋아할 줄 알았어."

강천섬에 도착했을 때 그녀는 좋아서 어쩔 줄 몰라 했다. 우리는 평일인데도 캠핑을 즐기는 사람들을 부럽게 바라보다가 가지가 휘어지도록 풍성하게 매달린 목련 꽃에 잠시 혼미해지기도 했다.

"두 분 함께 사진 찍어드릴까요? 계속 한 분씩만 찍으시던데."

지나던 이가 봄꽃에 빠져 허우적거리는 우리 곁으로 다가왔다. 기회를 놓칠세라 나는 구도까지 알려주며 특별 주문을 부탁했다. 우리의 추억이 담긴 근사한 사진 한 장이 탄생했다. 좋은 사람들을 만나는 길 위의 여행이 즐겁다. 주란과 나는 오랜만에 그네에 앉아 흔들흔들 곁을 스치는 바람을 맞으며 끝없이 이야기를 나눴다. 곁에서 함께 즐길 수 있는 벗이 있어 행복한 순간이다.

"그냥 그네에 앉아만 있어도 좋은 걸."

내 말이 끝나기 무섭게 그녀가 화들짝 일어선다. 질주 본능의 화신을 누가 말릴쏘냐.

길마다 흐드러진 벚꽃들이 즐비했다. 그녀를 모델 삼아 짧은 영화 한 편을 찍고 있는데 자전거 무리가 재빠르게 지나갔다. 계절의 변화와 세상의 풍경은 보지 않고 오로지 목적지만을 향해 쉬지 않고 페달을 밟는 사람들. 몇 년 전 나의 삶도 저들과 닮아 있었다. 오직 도착해야 한다는 목적만을 위해 한 눈 한 번 팔지 못하고 달리던 그때, 주변 경치를 즐기며 달리는 것이 자전거의 묘미인 것을 그때는 미처 몰랐다.

섬강 자전거길에 들어서자 멎은 듯 아주 천천히 흐르는 강물에 세상이 고요하다. 간간이 사색에 잠긴 낚시꾼들이 눈에 띄었다. 그동안 달렸던 충청도 이북 자전거길 중에서 가장 수려한 경치로 기억될 것 같다. 우리는 섬강을 바라보고 있는 벤치에 앉아 새벽에 구웠다는 주란표 군고구마를 한 입 베어 물었다. 우리 우정만큼이나 달콤하다. 사과, 초코바, 레모네이드, 견과류 등 다양한 간식이 차려졌다. 봄 소풍에 먹거리가 빠질 수 없지. 우리는 등 뒤로 흘러가는 햇살을 맞으며 두런두런 이야기를 나눴다. 마음이 점점 따뜻해졌다. 그녀 얼굴에 미소가 가득 번졌다.

"여기 참 마음에 들어. 네 덕분에 이렇게 멋진 곳에 와 보는구나."

그녀의 행복이 나에게도 전해지는 순간이었다. 우리는 드라마 촬영지로 유명한 비내섬으로 향했다. 갈대 가득한 늪지는 조금 쓸쓸한 느낌이 들었다. 갈대숲 사이를 걸으며 쓸쓸함을 맛보고 싶다는 마음이 움텄다.

비내섬 안에 있는 길은 모두 비포장이라 자전거로 돌아보기엔 불편했다. 갈대숲을 한 바퀴 휘돌아 볼 수 있는 자전거길이 만들어지면 좋을 텐데. 조금 아쉬웠다. 내가 너무 욕심을 부리는 건가.

충주로 가는 길목에 있는 앙성은 탄산 온천으로 유명해 그녀는 부모님을 모시고 이곳에 자주 왔었다고 한다. 아쉽게도 오늘은 즐길 여유가 없다. 대신 우리를 달래줄 산수유 산책길이 보였다. 한쪽에 자전거를 세워두고 채 만개하지 않은 노오란 꽃들이 오후 햇살에 빛나는 산수유 길을 걸었다. 바닥은 양탄자를 깔아놓은 듯 푹신해 걷기 편했다. 쑥이 지천에 돋아있었다. 나는 쑥만 보면 친정엄마가 해주시던 쑥개떡이 생각난다. 봄이 되면 당신이 캐온 쑥으로 손수 쑥개떡을 만들어주시곤 했다.

"개떡 가져가라."

저편에서 엄마의 전화 목소리가 들려온다. 오랜만에 쑥개떡을 사서 엄마에게 다녀와야겠다. 산수유 산책길을 나와 우리는 다시 자전거 종주 길로 들어섰다. 이런, 자전거도로가 사라졌다. 겨우 걸어서 갈 수 있는 밭 사이로 끌바를 해야 했다. 적당한 위치에 「자전거도로 없음」이란 표지판만 잘 만들어 놓았어도 이렇게 황당하지 않을 텐데.

섬강이 끝나고 남한강이 시작되었다. 유난히도 파란 강물이 하늘빛과 잘 어울린다. 충주 시내로 진입하기 전에 우리는 월상 낚시터에 도착했다. 낚시터 곳곳에는 강태공들이 낚싯대를 걸어놓고 물고기들의 입질을 기다리고 있었다. 멀리서 그 모습을 바라보는 것도 색다른 재미다. 같은 값이면 다홍치마라고 전망 좋은 이곳에서 간식을 먹기로 했다. 사이좋게 그네에 걸터앉아 '배낭 털이'를 시작했다. 가져온 먹거리를 다 먹어도 배가 부르지 않았다. 갑자기 위가 커진 것은 아닐 텐데, 왜 그럴까? 이른 시간부터 엄청난 에너지를 썼으니 당연했다. 한낮이 지나니 햇살도 부드러워지고 바람도 시원해졌다. 살짝 나른함이 몰려왔다. 살며시 눈을 감았다. 지나던 바람이 수고했다며 머리를 쓰다듬어 주었다. 이대로 시간이 멈췄으면 좋겠다.

"탄금대? 아니면 충주호?"

조정지댐을 지나 탄금대와 충주호로 갈라지는 삼거

리에 도착하여 주란에게 묻자 그녀는 주저 없이 충주호를 선택했다.

남한 강변을 따라 있던 자전거길 앞에 「공사 중」이란 이정표만 놓여있고 길 안내는 전혀 없었다. 공단을 통과하는 임시 우회 도로는 차량으로 가득했다. 차 중에는 엄청나게 꼬리가 긴 트레일러도 있었다. 그 옆을 지나고 싶지 않았지만 선택의 여지가 없었다. 조심스레 공단을 통과해 충주호 인증센터로 가니 부스만 있을 뿐 아무것도 없었다. 영화처럼 멋진 해피엔딩을 기대한 건 아니지만 너무 썰렁했다. 왜 이곳에 인증센터를 만든 걸까. 왜! 우리는 실망한 마음을 뒤로하고 벚꽃이 만발한 강 건너편으로 갔다. 건너고 보니 그 유명한 충주 벚꽃길이다. 벚꽃축제도 취소되고 차량 통과만 허용되어 차창 밖으로 스치는 벚꽃만 볼 수 있다. 행락객은 찾기 어려웠다. 댐으로 향하는 길은 하늘이 보이지 않을 만큼 벚꽃이 빽빽했다. 그야말로 벚꽃잔치였다. 꽃은 나무가 감당하기 어려울 만큼 가득 피어있었다. 우리는 바람 따라 살랑대는 벚꽃들의 춤사위에 흠뻑 빠져 신바람이 났다. 그녀가 크게 소리 내어 웃었다. 벚꽃처럼 만개한 그녀의 웃음이 아름답다.

오늘 하루 동안 자전거를 탄 채로 90킬로미터 거리를 달리며 한 편의 로드무비를 찍었다. 한적하고 아름다운 섬강, 아직 오지 않은 가을을 느끼게 해준 비내섬, 앙성의 귀여운 산수유 산책길, 월상에서의 휴식, 충주호의 벚꽃 엔딩까지. 중년의 삶을 함께 걸어가고 있는 나와 그녀는 영화 속 델마와 루이스처럼 종일 달리고 달렸다. 우리도 마침내 우리가 원하는 목적지에 닿은 걸까.

나의 참새 방앗간을 소개합니다

　밤이 되면 한강에서 유독 빛을 발하고 있는 곳이 있다. 자전거를 타러 갈 때마다 '다음엔 꼭 들러야지'하고 수십 번 다짐했지만 한강만 돌고 지나칠 때가 많았다. 오늘에야 벼르고 벼르던 그곳에 가보았다.

　한강 자전거도로에서 동작대교를 바라보고 서면 왼쪽이 노을카페, 오른쪽이 구름카페다. 대형 유통사가 '문화가 있는 라운지'라는 콘셉트로 운영 중이다. 1, 2층은 카페존, 3, 4층은 별마루라운지, 5층은 루프탑이다. 엘리베이터는 2층까지만 운행한다. 카페존에는 일반

편의점에서 판매하는 물품과 더불어 조각 케이크, 와인 등 다양한 식음료로 채워져있었다. 바리스타가 내려주는 커피도 주문 가능하다. 문학동네와 협업한 별마루 라운지에는 다양한 책들이 전시되어 있었다. 무료로 자유롭게 읽을 수도 있고, 10% 할인된 가격으로 구매도 가능하다. 분위기가 일반 북 카페 같다. 5층 야외 루프탑은 한강 최고의 전망을 즐기며 차나 와인을 한 잔씩 나누기에 안성맞춤이다.

이 카페는 지하철 4호선 동작역 1번 출구로 나오면 쉽게 찾을 수 있다. 나의 자전거는 접이식이라 가지고 들어갈 수 있지만 일반 자전거들은 주변에 있는 자전거 거치대에 세우면 된다. 자전거를 타지 않는 날에도 약속을 잡기 편한 곳이다. 자전거 타는 친구와 만날 약속을 잡을 때 애용하는 편이다. 나는 구름카페보다 노을 카페를 주로 이용하는데 특별한 이유는 없다. 석양이 지는 시간에 카페에 앉아 한강의 노을 지는 풍경을 본 적이 있는데 너무 환상적이었다. 보물을 찾은 기분이었다. 한낮에는 시원하게 흘러가는 한강을, 밤에는 서울의 야경을 둘러볼 수 있는 곳이다.

아라뱃길로 라이딩을 떠나기 전, 친구 주란이와 만나기로 했다. 그녀는 카페 이름을 보지 않고 무작정 들어왔다가 헤맨 모양이다. 나를 찾느라 애를 먹었는지 기분이 상해 있었다. 1층으로 마중을 가고 나서야 주란이를 만날 수 있었다. 그녀는 굳이 이렇게 복잡한 곳에서 만나야 했냐며 불편한 심기를 드러냈다. 우리는 엘리베이터를 타고 2층으로 올라갔다. 마음을 풀어주고 싶어 냉큼 그녀의 자전거를 들어 계단을 올랐다. 순간, 카페 안으로 들어선 주란이의 눈이 휘둥그레진다. 나는 말없이 5층 테라스로 그녀를 안내했다. 아니나 다를까. 4층 북카페를 쓱 훑던 그녀의 표정이 조금씩 풀리더니 뻥 뚫린 한강을 마주하자 자신도 모르게 감탄사를 쏟아냈다.

"어머나 세상에! 여기 너무 멋지다!"

주란이는 서서 한참 동안 한강을 바라보았다. 방금까지 툴툴거리던 내 친구 주란이 어디 갔니. 오늘따라 하늘이 유난히 파랗다.

"네가 좋아할 줄 알았어."

푸른 하늘 아래 시원한 강바람이 그녀의 싱그러운 웃음소리를 싣고 퍼져나갔다.

며칠 후 블로그 이웃인 자수마초님과도 노을 카페에서 만남을 가졌다. 그녀로 말할 것 같으면 산악자전거를 타고 자유자재로 산을 오르내리는 무시무시한 라이더다. 그녀도 이 앞을 무수히 지나다녔지만 정작 한 번도 들어온 적은 없다고 했다. 주란이만큼 놀라며 좋아했다. 늦은 점심으로 샌드위치와 커피 한 잔을 하고 이야기를 나눴다. 그날 이후 그녀도 노을카페에 자주 간다는 소식을 전해왔다.

노을 카페는 동작역에서 걸으면 불과 5분 거리에 있어 일부러 찾아오는 사람들이 많다. 발아래로 길을 걷는 사람들, 자전거를 타고 씽씽 달리는 사람들을 볼 수 있다. 좋아하는 책을 읽어도 좋고 가만히 넋 놓고 앉아 망중한을 보내도 좋다. 앉는 자리마다 콘센트가 있어 노트북이나 휴대폰 충전도 가능하다. 각종 편의시설도 잘 갖춰있다. 더울 때는 더위를 피하고, 추울 때는 추위를 피할 수 있는 노을카페는 나의 참새방앗간으로 등록되었다. 어느덧 겨울이 가고 봄이 왔다. 참새방앗간의 계절이 왔다.

모두에게 해피엔딩

제주에서 출발해 거제를 거쳐 오는 자전거 여행 일정을 마치고 서울로 가는 날이다. 버스 시간에 맞춰 고현터미널에 도착해야 하다 보니 여느 날과 달리 오후 일정이 빡빡했다. 여행의 마지막 목적지는 칠천도 옆개 해수욕장. 옆개는 '물 안쪽에 자리한 바다'라는 뜻이다. 옆개라는 이름 대신 '물안해수욕장'이라는 예쁜 이름으로도 불린다. 규모는 아담한데 모래사장도 깨끗하고 바다 수심도 깊지 않다. 뙤약볕 속에서 종일 자전거를 탄 사람들은 바닷물을 보자마자 금방이라도 풍덩! 빠져버릴 것처럼 신났다. 시원한 바닷물에 발을 담그자 후끈 거리던 몸의 열기가 가라앉았다. 문득 해수욕장 입구에서 땡볕을 쬐고 있을 자전거가 생각났다. 제주와 거제의 무더위 속에서 나와 함께 닷새째 달리고 있으니 얼마나 피곤할까? 불쑥 자전거를 향한 미안함이 밀려온다. 대신 주인 잘 만나서 대한민국의 멋진 경치는 모두 구경하고 있으니 좀 참아줄래. 떠나기 아쉬운 마음을 단단히 붙잡고 우리는 서울 가는 버스를 타기 위해 터미널로 향했다. 그곳까지의 거리는 약 17킬로미터. 버스 시간은 6시 40분. 앞으로 두 시간 남았다. 많은 인원이 그룹으로 움직이려면 최소 한 시간 반은 필요하다. 안전한 라이딩을 위해 우리는 터미널에 도착해 식사를 하기로 했다. 일단 안전하게 도착하는 게 최우선이니까. 칠천도에서 고현터미널까지 코스는 업 다운이 심하다. 오직 터미널에 도착해야 한다는 일념으로 10여 명의 인원이 거제 북로를 따라 일사불란하게 언덕을 오르내렸다. 광고의 한 장면처럼 다이내믹하다. 몇 개의 언덕을 지나 신나게 내리막길을 달리는데 순간 자전거 중심이 기우뚱거리며 흔들렸다.

'이상한데? 앗, 설마… 펑크?'

성급히 정지하면 위험하기에 다운힐 마지막 구간에서 서서히 속도를 줄였다.

"작가님 뒷바퀴 펑크 났어요."

후미를 봐주던 영웅만석이 외쳤다. 나는 자전거를 세워놓고 뒷바퀴를 살폈다. 크게 걱정은 하지 않았다. 여차하면 택시를 부르면 되니까. 시간은 4시 50분. 터미널까지는 아직도 12킬로미터가 남았다. 최소 한 시간은 더 달려야 하니까 늦어도 5시 40분까지 수리를 마쳐야 한다.

"시간 충분하니 걱정 마세요."

제이크가 나를 안심시켰다.

"저기 식당이 있어요!"

차소년이 큰 소리로 외치며 가리킨 곳에 횟집 간판이 보였다. 나만 빼고 모두 환호성을 질렀다. 점심으로 물회가 먹고 싶다던 차소년의 바람이 통한 걸까. 자전거가 펑크 난 장소에 물회 전문점이 있었다니! 다들 펑크 난 내 자전거만 바라보고 있으면 어쩌나 했는데 다행이다.

"수리용 장비 꺼내세요."

내 자전거를 거꾸로 세우며 제이크가 말했다.

"저, 장비 없는데요…"

나는 기어들어가는 목소리로 말했다. 혼자 탈 때는 장비를 가지고 다녔지만 이번 여행은 그룹 라이딩이고 남자 회원들이 많아 챙기지 않았다. 산에 오를 때마다 비상시를 대비해 철저히 내 몫의 장비를 챙겼는데 라이딩은 왜 그리 안이했을까.

"괜찮습니다."

제이크는 이리저리 자전거 바퀴를 살폈다. 타이어에 아주 가느다란 철심이 박혀있었다. 튜브를 분리한 후 물에 담가 뽀글뽀글 기포가 올라오는 곳을 찾은 후 바람이 새지 않도록 튜브에 펑크 패치를 단단히 붙여 주었다. 단순한 펑크 수리가 아니라 숙달된 솜씨와 귀에 착착 감기는 제이크의 설명이 곁들여진 알짜배기 강의를 듣는 시간이었다.

"제가 물회 먹고 싶다는 말이 씨가 된 것 같아요."

차소년이 웃으며 말했다.

"물회가 진짜 맛있네요. 아주 적절한 타이밍에 펑크를 내줘서 고맙습니다."

사실 나는 일행들에게 누가 될까 봐 물회 맛을 전혀 못 느꼈다. 동행들의 진심 어린 배려 덕분에 맘 편하게 다시 라이딩에 복귀했다.

5시 30분. 버스 시간이 촉박하다. 고현터미널까지 거리는 12킬로미터. 우리는 시합에 참가한 사람들처럼 전력 질주를 했다. 자전거 펑크만 아니었어도 천천히 즐길 수 있는 길이었는데 참 미안하고 아쉽다. 다행히 출발 시간 20분 전에 낙오자 없이 도착했다.

"마지막 질주는 환상이었어요."

"멋진 마무리였어요."

온몸이 땀범벅인 채로 서로를 바라보며 환하게 웃었다. 나도 따라 웃었다.

그룹 라이딩을 하다 보면 본의 아니게 폐를 끼치게 되는 경우가 생긴다. 넘어져서 다치거나 나처럼 자전거에 사소한 문제가 생기기도 한다. 이때 사고 난 당사자를 진심으로 배려하는 마음이 얼마나 중요한지 직접 느낀 시간이었다. 예기치 않은 사고에 대비해 늘 자전거 수리용 장비도 챙겨야겠다.

'제주 환상자전거길' 종주를 마치는 날이다. 나도 모르게 살짝 흥분되었다. 여유가 생겨 비양도에 다녀오려고 한림항까지 열심히 달렸다. 땀을 뻘뻘 흘리고 도착한 한림항 대합실에는 사람이 너무 많았다. 두 시간은 족히 기다려야 했다. 날씨를 보니 구름도 잔뜩 끼고 시야도 흐렸다. 고민하다가 미련을 버리고 오늘은 모슬포까지 가서 제주 환상자전거길을 완주하기로 했다.

'이 느낌은 뭐지? 이상한데?'

자전거에서 내려 살펴보니 체인이 오뉴월 땡볕에 지

친 가로수처럼 축 늘어져 있었다. 체인이 크랭크(왕복 운동을 회전 운동으로 바꾸는 장치)에서만 자리를 이탈한 것이 아니라 체인 텐셔너(tensioner)에서도 빠져 있었다. 혼자서 이리저리 체인을 가지고 묘수를 부려 봤지만 효과가 없었다. 그때 제주해양경찰서 한림 파출소가 시야에 들어왔다. 나는 당당히 문을 열고 들어가 외쳤다.

"자전거 체인이 빠졌는데 도와주실 수 있나요?"

파출소 사람들이 일제히 나를 바라보더니 서로 눈빛을 교환한다. 그러고는 고개를 설레설레 흔들었다. 이런, 자전거 체인을 만져본 사람이 한 사람도 없다니! 난처해진 나는 제일 가까운 자전거 수리점이 어디인지 물었다.

"제가 해볼게요!"

어디선가 앳된 청년의 목소리가 들렸다.

"정말 감사합니다."

이십 대 초반 정도 돼 보이는 청년은 이곳에서 근무하고 있는 의무경찰이라고 했다.

"저도 입대 전에 자전거 많이 탔어요. 이런 고급 자전거 수리는 안 해봤지만 일단 해볼게요."

젊은이는 자전거 체인을 이리저리 움직이며 끼워 넣으려 애썼지만 소용없었다.

"제 자전거랑 체인이 다르네요."

미안해하는 그의 모습을 보니 너무나 민구스러웠다.

"너무 애쓰지 마세요. 가까운 수리점으로 갈게요."

"한 번만 다시 해볼게요."

어느새 그의 손이 자전거 기름으로 뒤덮여 시커멓게 변했다. 보다 못한 내가 뜯어말렸다.

"아이고, 미안해요. 그만하면 됐어요."

그런데 웬걸! 내 말이 끝나기도 전에 체인이 자전거에 끼워져 돌아가는 게 아닌가!

"체인이 빠지면 크랭크뿐 아니라 텐셔너를 주의해서 보시고 이렇게 체인을 걸어주시면 돼요. 동영상으로 찍어두시면 도움 되실 거예요."

청년은 내가 동영상을 찍을 수 있도록 아주 천천히 끼웠던 체인을 다시 빼서 다시 끼워 맞추는 수고까지 해주었다. 청년의 까매진 손을 보며 나는 진심을 다해 고마움을 전했다. 오늘도 길 위에서 마음씨 좋은 따뜻한 청년을 만났다. 방금까지 암울했던 마음이 언제 그

랬냐는 듯 밝아졌다. 인생사 새옹지마라더니. 일희일비
하지 않겠다고 다짐하며 자전거에 올랐다. 페달을 돌리
는 발이 훨씬 가볍다. 나는 오늘 더 멋진 라이딩을 즐
길 수 있을 것 같다.

타다 보면 익숙해지니까

염려마세요,

오늘의 목적지는 울산이다. 출발 장소인 서울역에 도착하자 낯익은 두 사람이 보였다. 이제 막 자전거에 입문한 초보 여성 라이더인 밍과 제시카다. 반갑게 인사를 나누며 자연스럽게 그녀들의 자전거에 눈이 갔다.

'저 상태로 자전거를 들면 핸들 부분이 용수철처럼 튀어나와 버릴 텐데.'

초보인 그녀들이 얼마나 난감해할지 불 보듯 뻔했다. 나는 핸들을 조금 들어서 니플(nipple)이 핸들바 캐치(handle bar catch)에 단단히 고정되도록 끼워 넣었다.

"세상에! 자전거가 접히지 않은 것도 모르고 있었어요! 작가님 못 만났으면 어쩔 뻔했을까요?"

제시카가 놀란 가슴을 쓸어내리며 감사 인사를 했다. 옆에 있던 밍도 자전거를 타는 것보다 접는 것이 더 어렵다고 고충을 토로했다.

"자꾸 타다 보면 손에 익숙해지니 너무 염려 마세요. 저도 작년 이맘때 두 분과 똑같았답니다."

나는 자전거를 접었다 펼쳤다 반복하며 여러 팁을 알려주었다.

함께 라이딩하는 동호회 회원들이 대부분 남성이다 보니 아무리 설명을 잘해줘도 남녀 간의 차이 탓인지 버벅거릴 때가 있다. 무엇보다 잘 접었다고 안심한 10킬로그램짜리 접이식 자전거가 느닷없이 용수철처럼 스르륵 풀리면 안기도 들기도 힘겨워진다.

여름부터 시작한 라이딩에 흠뻑 취해 매일 혼자 라이딩을 즐기고 있었던 작년 가을, 집에 도착해 여느 날과 다름없이 자전거를 접으려 하는데 이상하게 앞쪽 바퀴의 포크에 있는 엑슬 후크(axle hook)가 리어 프레임(rear frame)에 걸리지 않았다. 방향이 틀렸나 싶어 확인하고 다시 시도했지만 똑같았다. 어느새 진땀이 나고 있었다.

'방금 한강에서도 이상 없이 잘 접혔으면서 왜 이러는 거니?'

스트레스 받고 싶지 않아 결국 접지 못한 상태로 자전거를 집안에 들여놓으려 낑낑대며 자전거를 드는 순간 '내가 왜 시트포스트(seatpost)를 먼저 내렸을까?' 하는 생각이 스치고 지나갔다. 그렇다. 자전거를 접을 때에는 반드시 앞쪽 바퀴의 포크를 리어프레임에 걸고 나서 시트포스트를 내려야 한다. 시트포스트를 먼저 내리면 절대 접히지 않는다. 제대로 살펴보지도 않고 아무 잘못도 없는 자전거에 짜증만 내고 있었다. 자전거 타는 게 능숙해졌다고 자만해서인지 소소한 실수들을 자전거 탓으로 돌릴 때가 있다. 결국 잘못은 내가 하고 말이다. 버스나 지하철을 탈 때 이런 실수를 했으면 어땠을까. 생각만 해도 참 아찔하다! 접이식 자전거는 접었다 펼치는 것도 힘들지만 접힌 상태로 미는 것 또한 쉽지 않다. 무거운 가방을 자전거 앞에 걸면 가방 무게 때문에 더욱 힘들다. 실내에선 대부분 자전거를 접은 채 밀어야 한다. 다른 이들은 편안하게 밀고 가는데 나만 자꾸 우측이나 좌측으로 간다. 똑바로 가기 위해 손에 힘을 주면 줄수록 손목이 아프다. 아마도 요령의 차이겠지. 남자보다 여자가 손힘이 약한 탓도 있겠지. 견디며 즐기다 보면 익숙해지는 날이 오지 않을까.

아직 도착하지 않은 이들을 기다리며 밍과 제시카에게 여성 라이더로서 깨우친 요령들을 설명해 주었다. 혼자서 이리저리 시도하며 터득한 나만의 요령을 말이다. 친구 주란에게 유용성을 입증받은 바 있는 일명 '영미 꿀팁'이다. 아니나 다를까. 설명을 듣던 밍이 말했다.

"역시 작가님은 같은 여자라서 그런지 훨씬 설명이 쉽네요."

두 사람은 나의 설명에 따라서 곧바로 반복연습에 들어갔다. 지금 이들의 모습이 불과 몇 달 전 내 모습이었다니! 너무 귀엽잖아. 고개를 들어 서울역 전광판을 보니 지난 1년간 자전거를 탄 귀여운 나의 모습이 파노라마처럼 흘러가고 있었다. 뿌듯한 출발이다.

서울 한복판 자전거 캠핑

설렘, 긴장, 처음, 자전거, 그리고 캠핑. 듣기만 해도 가슴 떨리는 단어들이다. 살아가면서 생각만 했던 것들을 진짜로 실현하게 되었을 때의 벅참과 설렘은 평생 잊을 수 없다. 나이가 들어도 여전히 도전하고 즐길 수 있는 요즘의 내가 참 행복하다. 물론 새로운 시작에 앞서 긴장되고 두려운 마음이 왜 없겠는가. 부정적인 마음 펼쳐놓고 무조건 백기부터 들기보다 그 마음 꾹꾹 눌러 담아 일단 하고 보자는 마음이 더 커지는 요즘이다. 모든 일은 생각하기 나름이라고 삶의 연륜이 알려

줬기 때문일까.

첫 자전거 캠핑을 떠났다. 자전거 동호인들은 줄여서 '자캠'이라 부른다. 자전거를 타면서부터 나는 커다란 배낭을 등에 메거나 자전거에 싣고 어디론가 유유히 달려가는 자캠족이 무척 궁금했었다. 산을 좋아하는 나도 백패킹을 즐기는 편이지만 무거운 배낭을 짊어지고 걷는 것은 분명 한계가 있다. 그러니 자전거를 타고 캠핑을 간다는 말에 나의 두 귀가 솔깃해질 수밖에. 어떤 이는 핸들 앞쪽이나 바퀴 양옆에 장비를 싣고 어떤 이는 트레일러에 연결해서 짐을 싣는다. 접이식 자전거를 타고 떠나는 자캠의 경우 지하철이나 버스 같은 대중교통으로 최대한 목적지 부근까지 갔다가 이후부터는 자전거를 타고 이동하기 때문에 국내 뿐 아니라 해외 어디든 갈 수 있다. 하지만 말이 쉽지 캠핑에 필요한 장비를 자전거에 싣는 것 자체가 난제다. 백패킹은 배낭을 얼마나 잘 패킹하느냐에 따라 무게감이 달라진다. 자캠에선 백패킹에 필요한 텐트, 침낭 등의 장비를 어떻게 자전거에 거치할 것인지가 가장 중요하다. 내가 타는 접이식 자전거는 짐 바구니를 달수도 없고 자전거 뒤에 트레일러를 달고 다니는 것은 너무 버겁고 거추장스럽다. 커다란 배낭을 메고 자전거를 타는 것은 또 얼마나 힘들지 뻔하다. 과연 접이식 자전거에 배낭 장비를 어떻게 매달 수 있을까. 자캠에 관심을 보이는 나를 지켜보던 차소년이 자캠족인 상수를 소개해주었다. 자캠 전문가인 그에게 여러 가지 팁을 배우고 필요한 장비까지 선물 받는 행운을 얻었다. 상수는 자연스럽게 나의 자캠 사부가 되었다.

드디어 갈망하던 자캠을 떠나는 날이다. 사부의 가르침대로 안장에 봉을 장착하고 짐받이에 배낭을 실었다. 배낭에 물건 수납이 잘되어 있어야만 무게 중심이 잘 잡힌다. 시속 15킬로미터 내외로 달리는 자전거 캠핑에서 가장 중요한 것은 뒤에 실린 배낭의 무게 중심이다. 그렇다 보니 짐싸는 요령이 무엇보다 중요하다. 이미 백패킹에 잔뼈가 굵은 나는 배낭을 싸는 일이야말로 그 누구보다도 자신 있다. 생각보다는 수월하게 배낭의 무게 중심이 잘 잡혔다. 자전거에 올라 조심스레 페달에 발을 올렸다. 아파트를 벗어난 후 잠시 멈춰 짐받이에 실려 있는 배낭의 상태를 살폈다. 안정적인 모습을 보니 흐뭇하다. 나는 짐받이에 다소곳이 앉아있는 배낭의 등을 가볍게 두드린 후 앞으로 달리기 시작했다.

'만남의 장소까지 달려볼까?'

출발이다! 나의 가장 친한 친구가 되어버린 꼬마 자전거와 함께 색다른 여행에 도전한다. 이 녀석과 함께하는 요즘의 나는 그야말로 열정 충만하고 생기가 가득하다. 앞에는 커다란 수납백이, 뒤에는 캠핑 물건을 실은 배낭이 묵직하게 매달려 있지만 녀석은 불평 한 마디 없이 내가 돌리는 페달에 맞춰 열심히 앞으로 나아간다. 꿈쩍도 하지 않고 단단히 매달린 배낭을 보니 나도 모르게 입가에 웃음꽃이 핀다. 지나는 사람들이 나를 심상치 않은 눈으로 바라보지만 나는 이제 그런 시선마저 즐겁다. 한 시간을 넘게 달려 만남의 장소인 상수나들목에 도착했다. 상수는 이미 도착해 있었다. 제자가 먼저 와서 스승님을 맞이해야 하는데 참 면목 없다. 반갑게 인사를 나누자마자 사부님은 나의 배낭이 단단하게 고정되어 있는지 패킹 검사부터 진행했다. 숙제 검사를 받는 아이처럼 나는 살짝 긴장하고 있었는데 처음 치고는 잘했다는 칭찬을 들었다.

'이 나이에도 칭찬은 좋구나.'

캠핑 장소는 월드컵공원 내 노을캠핑장이다. 캠핑의 또 다른 즐거움인 먹방을 위해서 우리는 망원시장으로 향했다. 망원시장은 망원역부터 걸어서 5분, 한강 자전거도로에서는 자전거로 5분이면 갈 수 있다. 망원시장 입구에 들어서자 구수한 기름 냄새가 코끝을 자극한다. 도넛을 튀기는 사장님, 지글지글 바삭한 전을 부치는 아주머니, 어묵꼬치에 어묵을 끼우고 있는 아저씨, 족을 삶아내고 있는 아주머니 등 전통시장 특유의 냄새와 열기가 그대로 전해졌다. 저녁에 방문할 손님을 위해 우리는 족발, 모듬전, 홍어 무침 등 함께 먹을 음식을 샀다. 장을 보느라 짐이 더 늘었다. 노을캠핑장으로 올라가는 언덕에서 자전거를 끌고 올라가는데 하나도 힘들지 않았다. 새로운 경험 앞에서 가슴이 벅찰 뿐이다. 드디어 캠핑장에 도착했다. 일단 오늘 묵을 집을 만들어야지. 10분도 채 안 되어 내 집이 완성되었다. 캠핑장의 하늘이 주홍빛으로 물들어간다. 함께 온 사부의 텐트는 내 텐트와 색만 다르고 디자인이 똑같다. 모르는 사람들은 커플이라고 생각하겠지. 우연일까 필연일까. 상수가 준비한 쉘터에 캠핑장에 있던 테이블을 들여놓으니 멋진 가든파티용 식당이 완성되었다.

해가 지자 세상이 고요해졌다. 한강 야경 사진을 찍기 위해 나는 근처를 돌아다녔다. 뉘엿뉘엿 해가 지는 풍경을 열심히 카메라에 담느라 시간 가는 줄 모르고 있었다. 되돌아오려고 보니 이미 칠흑 같은 어둠이 와락 나에게 안겼다. 순간 우리가 오늘 머물기로 한 캠핑장이 어디에 있는지 찾을 수가 없었다.

'이렇게 황당한 일이.'

캠핑장을 몇 바퀴 돌다가 나는 결국 상수에게 전화를 걸었다. 그가 마중 나왔다. 나는 다시 우리의 숙소로 무사 귀환했다. 하마터면 노을캠핑장에서 미아가 될 뻔했다.

밤이 무르익자 기다리던 손님들도 속속 도착했다. 즐거운 캠핑의 밤이 시작되었다. 새로운 사람들을 만나 수많은 이야기를 나눴다. 같은 취미활동을 하는 사람들은 만나는 순간 친구가 된다. 친구의 친구니까 쉽게 친구가 되는 것은 당연하겠지. 엄청나게 많이 준비한 음식도 거의 다 바닥나고 근처 편의점에서 산 맥주와 과자까지 동이 났다. 마지막 코스는 드립커피다. 커피 향이 은은하게 쉘터를 적셨다. 잔잔하게 음악이 흐르고 우리들의 이야기는 날이 바뀔 때까지 계속되었다. 손님들이 돌아가고 난 후, 나도 내가 만든 집으로 돌아와 누웠다. 순간, 세상의 모든 고요가 나를 에워쌌다. 나는 평온한 밤의 숨결 속으로 들어가 잠을 청했다.

다음 날, 텐트 깊숙이 들어온 햇살이 자고 있는 나의 뺨을 어루만졌다.

'아, 벌써 새로운 아침이구나.'

해님과 잠시 인사 나누고 근처로 아침 산책을 갔다. 서울 한복판에서 풀냄새 가득한 잔디밭 캠핑을 할 수 있다니. 새삼 내가 사는 서울이 참 멋진 도시라는 생각이 들었다. 마치 숲속 깊은 곳 어딘가를 거닐고 있는 느낌이었다. 텐트가 머금고 있는 이슬이 마르길 기다리면서 상수와 나는 커피를 마셨다. 조금씩 자신이 살아온 삶의 실타래를 풀어내니 깊이 있는 삶이 모습을 드러낸다. 여름 햇살에 빨래 마르듯 고슬고슬해진 텐트를 걷어냈다. 마침내 배낭 꾸리기를 마쳤다. 이른 아침 모두가 출근하는 분주한 시간, 나는 유유히 캠핑을 마치고 집을 향해 내달리기 시작했다. 이미 상승한 자신감이 다음 자전거 캠핑을 꿈꾸게 했다. 혼자였다면 감히 시도하지 못했을 텐데. 시도했다 한들 엄청난 시행착오를 겪었을 텐데. 좋은 사람들이 곁에 있어 늘 고맙다. 열심히 배운 만큼 자주 자전거 캠핑을 다녀야겠다. 언젠가 나도 처음 자전거 캠핑을 시도하려는 이들에게 좋은 사부님이 되어줘야지.

짧고도 긴 1박 2일. 다시 한 번 내 자전거 인생에 커다란 획을 그은 시간이었다. 세계 자전거 여행을 하는 그날이 한 발자국씩 내 앞에 다가오고 있다.

익숙한 일상이 지루해질 때

자전거를 타면서 만나는 길은 언제나 새롭다. 같은 길을 달려도 오늘 만나는 길은 어제와 다르다. 어떤 모습일지 기대된다. 가끔 일부러 가보지 않은 길로 들어설 때가 있다. 낯선 길이 주는 묘한 떨림이 있기 때문이다.

가장 많이 애용하는 자전거길은 집에서 광화문까지 가는 코스다. 길찾기도 쉽다. 정릉천을 타고 가다가 마장동에서 청계천으로 이어지는 자전거도로로 우회전한 후에 광교까지 직진하면 광화문이다. 매일 같은 길이지만 몸의 상태, 지나는 바람, 오늘의 하늘빛, 스치는 나뭇잎에 따라 매번 조금씩 다르다. 어제 봤던 은행나무 잎이 오늘은 조금 더 진해졌다. 바람은 어제보다 약간 차갑다. 하루, 일주일, 한 달. 나는 시간이 흘러가면서 달라지는 자연의 변화를 직접 눈으로 관찰하며 그 모습에 감탄하게 되었다. 나는 오늘도 잠시 자전거를 멈추고 서서 하늘에 흘러가는 구름 모습을 바라본다. 오늘은 어제와 전혀 다른 하늘이 펼쳐지고 있었다.

익숙한 일상이 지루해질 때가 있다. 나는 일부러 평소 다니지 않던 낯선 길로 향한다. 오늘은 창경궁, 창덕궁을 지나 경복궁까지 다녀와야지. 이 길을 지나면 서울의 과거와 현재를 함께 볼 수 있다. 집을 나서 고려대학병원 옆길로 오른다. 이곳은 가파른 언덕이라 초보들은 긴장을 늦춰선 안 된다. 자전거와 내가 서로를 의지하며 언덕을 오른다. 늦가을임에도 온몸이 뜨거워지더니 정상에 오르자 땀으로 흥건해졌다. 안암동에서 성북천 자전거길로 들어선다. 내 유년시절의 모든 것을 품고 있는 길이어서 작은 풀 한 포기마저 정겹다. 삼선동을 지나 창경궁에 도착했다. 고궁 돌담을 끼고 그 곁을 지나는 것만으로도 마음이 들썩거린다. 창경궁은 들어가지 않아도 어릴 적부터 참으로 많이 드나들던 곳이라 내부 모습이 환하게 그려진다. 다음은 창덕궁이다. 이곳은 예약을 하지 않으면 들어갈 수 없다. 한적하게 고궁 산책을 하고플 때 가장 즐겨 찾는 곳이다. 오늘은 사람들이 별로 없어 도심 주변이 한산하다. 날씨까지 좋아서 자전거 타기에 참 좋은 날이다. 다음엔 대학로를 지나는 길로도 가봐야지. 가을 느낌이 물씬 나는 감고당길과 삼청동을 돌아 광화문에 가기로 마음먹었다. 감고당길을 지나는데 어느 노부부의 멋진 벽화가 눈에 들어왔다. 제목은 "WE ARE YOUNG" 그 앞에 서 있으니 노부부의 열정이 나에게도 전해진다. 작은 식당들이 즐비하게 있어서 식탐 많은 나를 유혹하지만 꿋꿋하게 물리치고 삼청동으로 들어서니 온통 노란 물결이 출렁이고 있다. 경복궁 담장을 따라 길게 늘어선 노란색 은행나무는 고궁의 자태와 잘 어우러진다. 노란 은행나무들 사이를 비집고 들어오는 햇살이 노란색의 절정을 더욱 돋보이게 한다. 누구라도 이곳에 들어서면 자연스레 걸음을 멈추겠지. 한국의 아름다운 길로 뽑힌 삼청로를 따라 걸으며 은행잎이 노랗게 익어가는 가을과 사랑에 빠졌다. 때마침 불어오는 바람에 이파리들이 제 몸을 맡긴다. 우수수 떨어진 잎사귀들은 모두 낙엽이 되어버렸다. 삼청로에 머물고픈 마음을 뒤로 하고 광화문으로 향했다. 가을의 풍광을 구경하다보니 평소보다 한 시간이나 더 지체되었다.

전혀 알지 못하는 길로 향하고픈 마음 덕분에 오늘은 길 위에서 멋진 여행을 하고 돌아왔다. 늘 낯선 것은 예정되지 않고 예측할 수 없지만 설렘이 있기에 즐겁다. 그 설렘을 알게 해준 나의 동반자 자전거와 매일매일 즐기며 살아가야지.

반복되는 일상이 지루하면 일상을 벗어나면 된다. 그 선택은 오직 나에게 달려있다. 오로지 나의 몫이다. 내가 자전거를 타게 된 이상 나는 매일 낯설고 설레는 일상을 선택할 것이다.

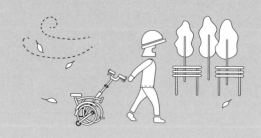

꿈에서 다녀온 듯 아련하다.

비양도에서의 하룻밤 추억이 우도 바람에 날아갈까 꼭 끌어안고 배에 올랐다.

작고 아름다웠던 섬안의 섬 우도가 점점 더 멀어져갔다.

만나면 이별이라지만 벌써부터 그립다.

엄청난 바람 속에서 잠못 이루던 우도의 그 밤이.

-섬안의 섬, 비양도 캠핑 중에서-

달리고 맛보고 즐기고 반하고

동
강
의
고
된
추
억
,

보
트
로
점
프
하
다

거북이마을? 문희마을? 절매마을? 동강도 영월도 정
선도 모두 가봤지만 제이크가 말한 동강 주변 마을 이
름은 너무 생소하다. 연포마을은 영화 촬영지라 알겠는
데 나머지 마을은 깊고 깊은 산중에 있을 것만 같다.
배로 점프하는 구간도 있다니 더욱 궁금하다. 자전거를
작은 배에 싣고 강을 건넌다? 생각만 해도 신기하다.
빨리 가보고 싶다.

꼭두새벽부터 기차를 타고 도착한 정선 예미역은 한
적하고 평화로운 간이역이었다. 역무원이 없고 정차만

한다. 간이역이라는 말만 들어도 심쿵한데 역 이름까지 예쁘다. 폐광촌이었다가 산악자전거 마을로 변신한 예미역 주변 가게들은 향수를 불러일으킬 옛 모습을 그대로 간직하고 있었다. 다방, 금방(金房), 미용실, 분식 메뉴 가득 적힌 유리창까지 모든 것이 정겹다. 주변엔 호스텔과 공원이 있는데 말끔한 외관의 호스텔은 이름도 이국적이다. 자전거 마을답게 여행객을 위한 '마을, 자전거, 여행 그리고 마을쉼터'도 운영 중이다. 예미역은 선로 기울기가 조동역 방면으로 30%나 기울어져 있는 우리나라에서 가장 가파른 구간이다. 과거에는 기관차의 견인력이 부족할 경우를 대비해 구내에 보조기관차가 항시 대기하고 있었다고 한다. 산악자전거(mountain bike) 라이더들을 위한 마을인데 오늘은 한 팀도 보이지 않는다. 마을에 외지인은 우리들 뿐이다. 예미역 길거리를 휘리릭 돌고 나서 식당을 찾아나섰다. 오늘 일정은 고되서 충분한 에너지를 비축해둬야 한다. 더불어 금강산도 식후경이니까. 시골 식당에 많은 인원이 한꺼번에 들어서니 주인장이 깜짝 놀란다. 별 기대 없이 주문한 식사는 신선한 식재료 덕분인지 맛있다. 메인 메뉴인

육개장은 건더기가 푸짐하다. 나물과 두부 만찬이 맛있어 여러 번 리필할 수밖에 없었다.

제이크가 미리 힘들 거라고 했지만 연포마을 가는 길은 예상보다 험했다. 끌바로 올라야할 만큼 고갯길이 가파르다. 긴 터널엔 전등도 없어 칠흑같이 깜깜한 터널을 빠져나올 때까지 엄청 긴장하며 페달을 돌려야 했다. 드디어 언덕에 도착했다. 풍경을 놓칠리 없는 제이크는 곧바로 드론을 띄워 우리의 라이딩 모습을 담았다. 그의 지시에 따라 우리는 일사분란하게 라이딩을 시작했다. 앞사람과 일정한 간격을 유지한 채 달려야 하기 때문에 초보자에겐 상당히 힘든 촬영이다. 연출의 요구사항이 까다롭긴 하지만 멋진 결과물을 보는 것만큼 즐거운 일도 없다. 촬영을 마치고 우리는 겨우차 한 대 지나다닐만한 구불구불한 길을 달렸다. 너무 배가 고팠지만 제대로 허기를 달래지도 못하고 작은 산을 하나 또 넘었다. 아직 이른 봄인데 땀이 비오듯 쏟아졌다. 사서 고생하는 즐거움이란 이런 건가. 제이크가 동강에 걸쳐진 작은 다리에 꽂힌 모양이다. 촬영 욕구를 이기지 못하고 또다시 우리를 연기자로 둔갑시켰다. 감독의 오케이 사인이 날 때까지 우리는 몇 번이나 다리를 왔다갔다 했다. 연기력은 모르지만 다들 성실성 하나는 최고다. 촬영이 끝나고 나니 모두들 배고프다고 아우성이다. 제이크가 분명 거북이마을 식당에 예약을 했다고 했다. 하지만 눈을 씻고 찾아도 식당은 보이지 않았다. 산처럼 생긴 언덕을 또 넘어야 식당이란다. 연포마을에는 영화「선생 김봉두」의 촬영지였던 예미초등학교 연포분교가 있다. 폐교된 후 '정선 동강 연포 생태 체험학교'로 바뀌었다. 연포분교 앞 동강에는 병풍처럼 펼쳐진 기암절벽이 있다. 수억 년 동안 물과 바람에 깎인 절벽은 아름다움을 넘어서 절경이다. 영화 촬영지라 사람들 방문이 잦을텐데 몇몇 캠핑하는 이들만 보인다. 안내 표지판 하나 없는데 식당이 있긴 한 걸까? 모두들 고개를 갸웃거렸지만 불평 한마디 없이 연포마을 사이로 난 작은 오솔길을 오르고 또 올랐다. 옆으로 차가 지나갈 때마다 흙먼지를 뒤집어썼다. 언덕 끝에 다다랐다. 더 이상 갈 곳이 없다. 힘겹게 오른 길 끝에 간판하나 없는 식당이 있었다. 형제가 직접 요리하고 운영하는 식당 마당엔 이미 차가 가득했다. 어찌 알고 이곳까지 왔을까? SNS의 위력이겠지. 식사가 나오길 기다리다가 해먹이 눈에 들어왔다. 냉큼 가서 누우니 솔솔 잠이 쏟아진다. 문득 점심을 먹고 해먹에서 보약 같은 낮잠을 청하던 콜롬비아 정글 트레킹이 떠올랐다. 나는 잠시 열대림을 다녀오는 꿈을 꿨다.

오늘의 메뉴는 닭볶음탕과 매운탕이다. 시원한 오두막에 앉아 점심을 먹으니 분위기에 먼저 취한다. 식사 후 주인장은 보여줄 게 있다며 창고로 우리를 안내했다. 그곳에 솟대가 가득 차 있었다. 알고보니 주인장은 나무를 깎아 솟대를 만드는 예술가였다. 작품 수도 엄청났다. 솟대 재료는 이곳 동강에서 채집을 한다고 했다. 태풍이나 장마 후에는 더욱 멋진 재료를 구할 수 있다고 했다. 맛난 식사에 멋진 예술품 감상까지 마쳤으니 슬슬 길을 떠나볼까. 다음 목적지는 문희마을이다. 배를 타고 강을 내려가야 하는 코스인데, 배가 없다? 고생스럽게 달려온 그 길을 다시 되돌아가야한다고? 말도 안 돼!

우리가 식사하는 동안 제이크는 미리 주인장에게 보트를 태워줄 마을 주민을 물색해놓은 모양이다. 모두

서울 ····● 예미역 ······ 🚲 ······ 연포마을 ······ 🚲 ······ 거북이마을

서울 ◀····● 영월역 ······ 🚗 ······ 어름치마을 ······ 🚲 ······ 문희마을

환호성을 질렀다. 왔던 길을 다시 되돌아가야 하는 수고를 덜게 된 것도 좋지만 동강 물길 따라 펼쳐지는 수려한 절벽을 감상할 수 있으니 말이다. 덜컹덜컹 자갈길을 따라 내려가니 나무로 만든 작은 보트가 우리를 기다리고 있었다. 자전거를 실은 배가 시원한 강물을 가르며 앞으로 나아갔다. 강 절벽에 만들어진 데크길을 발견했다. '꼭 다시 와서 걸어봐야겠다'고 생각한 순간 안전에 문제가 있어서 개방하지 않는다고 했다. 엄청난 비용을 들여 만들었을텐데 부실공사로 사용을 못하다니 참 안타깝다. 우리는 수려한 뱃놀이를 끝내고 어름치

마을로 향했다. 배를 타고 내려온 동강 옆을 이번에는 자전거로 달렸다. 완만한 내리막길이라 라이딩을 즐기는데 더할 나위 없었다. 기차시간이 빠듯해진 우리는 계획을 수정하고 택시로 이동했다. 덕분에 영월에서 여유로운 시간을 보낼 수 있었다.

오지 여행은 몸은 힘들어도 눈호강만큼은 제대로 할 수 있다. 굽이쳐 흐르는 동강 곁을 라이딩하는 즐거움이란! 이보다 더 멋진 장면이 또 있을까. 난생 처음 맛본 보트 점프는 동강 라이딩의 진한 추억으로 남을 것이다.

제주 반 바퀴, 자전거 여행의 참맛

오늘은 한림에서 남원까지 제주 반 바퀴를 돌 예정이다. 접이식 자전거가 있어 가능한 하루 일정이다. 저지리와 안덕리를 거쳐 서귀포 보목에서 일몰을 즐긴 후 남원 위미항에 있는 숙소에 갈 예정이다. 국토종주 코스 중 하나인 제주 환상자전거길의 전체 길이는 234킬로미터. 15시간 30분이 소요된다. 우리는 그 절반에 해당하는 길을 달릴 것이다. 라이딩도 하고 오랜 지인도 만나고 멋진 경치와 맛집도 탐방해야 하는 만만치 않은 일정이다. 그래도 괜찮다. 우리는 점프를 할 예정이니까. 점프란 자전거를 타고 가다가 다른 교통수단으로 갈아타는 것을 말한다. 접이식 자전거는 부피가 적어 다른 교통수단으로 이동할 때 유용하다. 이번 자전거 여행의 목적은 '조금 더 쉽게 조금 더 가까이 조금 더 자세하게' 들여다보기다.

숙소에서 출발해 귀덕리를 지나 협재해수욕장으로 향했다. 오랜만에 만난 바다는 투명한 에메랄드빛을 띠고 있었다. 기나긴 장마가 끝난 뒤라 바닷물이 깨끗하다. 한여름 성수기 맑고 투명한 바다라니! 우리는 누가 먼저랄 것도 없이 자전거를 세우고 바닷물에 발을 담갔다. 운무에 둘러싸인 비양도가 꿈속처럼 보인다. 가슴에 밀려오는 바닷바람이 고동소리처럼 울림으로 다가선다. 가만히 서서 바람소리를 듣는 것만으로 힐링이 된다.

협재를 떠나 중산간 마을로 들어섰다. 어느 유럽 소도시를 지나는 기분이다. 중산간으로 향하는 길은 살짝 오르막이다. 경사가 크게 높지는 않다. 저지리로 들어서기 전 멋진 편백 방풍벽을 만난 우리는 자전거를 일렬로 세워놓고 그 앞에서 사진을 찍었다.

"찰칵!"

멋진 스폿과 함께 잠깐의 간식타임도 가졌다. 길을 가다 멋진 풍경이 나오면 주저 없이 세울 수 있는 자전거 여행이 좋다.

조금 더 달려 저지리 예술인 마을에 도착했다. 마을 전체가 곶자왈이다. 제이크의 지인이 살고 있는 이곳은 나도 처음이다. 집들은 이웃하기 쉽지 않게 멀찌감치 떨어져 있었다. 그의 지인은 암 진단을 받고 이곳으로 내려와 살게 되었는데 이제는 완치되었다고 했다. 이론적으로 설명할 순 없지만 그에겐 저지리가 치유의 땅이었나 보다. 시원함이 살아있는 물 한 잔은 페달링을 하며 뜨겁게 달궈진 몸을 냉기로 감싸주었다.

우리는 오늘도 녹차밭에서 한편의 영화를 찍었다. 제이크 감독이 연출하는 대로 뜨거운 여름 햇살을 맞으며 천천히 페달링을 시작했다. 힘은 들지만 드론샷이 훑어낸 거대한 자연 속에서 유유히 페달을 돌리는 내 모습이 영상 속에 멋진 모습으로 담겼다. 영화를 찍느라 점심 때가 훌쩍 지난 줄도 몰랐다. 우리는 오늘의 특별메뉴인 성게라면을 먹기 위해 달렸다. 평소 줄을

서야 먹을 수 있는 맛집이지만 오늘은 기다리지 않고 바로 음식을 주문할 수 있었다. 한국 라면에 성게를 얹어주는 줄 알았는데 예상이 빗나갔다. 일본식으로 끓여낸 라면은 면이 쫄깃하고 국물맛이 깔끔했다. 무엇보다 섬세하고 친절한 주인장 덕분에 기분 좋게 식사를 마칠 수 있었다. 배고픔을 참고 이곳까지 오길 잘했다. 많은 에너지를 소모해야 하는 자전거 여행에선 든든한 식사 한 끼가 무척 중요하다. 장마가 막 끝났는데도 안덕계곡에는 이상하리만치 물이 적었다. 그늘도 좋고 나무도 많아서 반나절 정도 쉬어가면 좋을텐데 너무 아쉽다. 대신 계곡 주변 산책로를 한 바퀴 휘돌았다. 숲의 기운을 느끼며 페달링에 지친 다리 근육을 풀어주었다. 서귀포까지는 자전거가 아닌 택시로 이동했다. 접이식 자전거의 장점을 최대한 살려 택시 한 대에 세 사람과 자전거가 함께 탔다. 시간도 절약하고 경비도 절감하게 되었다. 사실 버스를 타려 했지만 자전거를 본 기사님이 손사래를 치며 거부했다. 하긴 자전거 여섯 대를 버스에 실으려 했던 우리 욕심이 과했다.

육지 사람들은 객주리조림을 알랑가. 우리는 그 맛을

잊지 못해 객주리조림을 먹으러 이곳에 왔다. 객주리는 제주도에 서식하는 쥐치과의 생선 이름이다. 공교롭게도 객주리를 맛보게 된 건 잘못된 주문 덕분이었다.

"고등어 살이 왜이리 부드럽지? 입에서 살살 녹네."

"이렇게 부드러운 고등어살은 처음인데?"

당연히 고등어 조림이라고 생각한 우리는 주인장에게 비결을 물었다. 고등어가 아니라 객주리라는 답이 돌아왔다.

"엥? 객주리가 뭐예요?"

먹으면 안 될 것 같은 이름을 가진 생선은 주문 오류가 아니었다면 평생 맛보지 못했을지 모른다. 잘못된 만남이 아니라 운명적 만남이었다. 고등어에 비해 가격까지 저렴하다니.

"오, 맛있는데요!"

처음 맛본 이들도 맛있다는 감상평을 쏟아놓는다. 오늘의 맛집 추천 성공이다.

우리는 보목포구의 멋진 일몰을 즐기기 위해 부지런히 달렸다. 벌써 일몰이 시작되고 있었다. 오렌지빛 제주바다와 한라산이 한 폭의 풍경화 같다. 우리는 주변이 어둑해질 때까지 방파제에 앉아 있었다. 60킬로미터가 넘는 거리를 달렸는데도 전혀 피곤하지 않았다. 이른 새벽 떠나온 자전거길이 꿈처럼 느껴졌다.

섬안의 섬, 비양도 캠핑

제주도에서 한 달 살이를 시작했다. 매일 자전거를
타고 제주 구석구석을 돌며 소중한 나날을 이어가고
있다. 자전거를 타고 달리니 걷는 것보다 좀 더 멀리 갈
수 있다. 누군가는 자전거 여행을 '현미경 여행'이라고
한다. 참 적절한 표현이다. 차로 달리면 스치듯 지나쳐
버렸을 경치도 자전거를 타면 천천히 스미듯 구경할 수
있다. 언제든 가고 싶은 곳으로 방향을 바꿀 수도 있다.
특히 제주도처럼 속살을 보아야 제맛인 곳에선 자전거
가 정답이다. 다리 힘이 약해지면 산에는 못 가도 자전

거는 계속 탈 수 있겠지. 훗날 은발의 머리카락을 휘날리며 자전거를 타고 있을 내 모습을 상상하니 웃음이 절로 난다.

제주에 살면 꼭 해보고 싶었던 것 중 하나가 비양도 캠핑이다. 이번엔 꼭 우도 자캠이 해보고 싶어 텐트 같은 캠핑장비를 미리 택배로 부쳤다.

'언제 가지?'

캠핑은 가지 않고 매일 장비만 바라보고 있다. 날씨가 좋아도 우도는 바람이 심해 캠핑하기 쉽지 않다. 한 달 살이 여정도 많이 남지 않았는데 도통 쨍한 날씨가 찾아오지 않는다. 차일피일 미루다 끝낼 순 없는데. 머리로 고민만 하니 답이 안 나온다. 일단 몸으로 부딪치자. 상황이 안 좋으면 그때 철수하기로 하고 나는 캠핑을 강행했다.

우도로 출발하는 날. 하늘에 먹구름이 잔뜩이다. 걷기의 달인 쏠맨이 자캠을 함께 하기로 했다. 동행과 서로 의지할 생각에 마음이 한결 가볍다. 종달항에 도착하니 우도로 들어가는 배가 기상악화로 중단되었다. 배를 타려면 성산항으로 이동해야 했다. 성산항까지 쏠맨은 버스로, 나는 자전거로 이동해 만나기로 했다. 대합실에서 자전거에 배낭을 싣고 있는데 젊은 커플이 들어왔다. 그들은 배 운행이 중단된 줄 모르고 있었다. 커플이 타고 온 차를 보고 나는 성산항까지 태워달라고 부탁했다. 일단 부딪쳐봤는데 그들이 선뜻 동행을 허락했다. 덕분에 편하게 이동할 수 있었다. 할까 말까 망설여질 때는 일단 하고 봐야 한다. 세상엔 좋은 사람들이 많으니까. 흐릿했던 기분이 맑아졌다.

성산항에는 우도로 가려는 사람들로 북적거렸다. 날씨 덕에 조금 한적한 우도를 즐길 수 있겠다는 기대가 사라지는 순간이었다. 수많은 사람들이 북적이는 출근길 2호선 같은 배를 타고 우도로 향했다. 배는 30분도 채 안 걸려 천진항에 도착했다. 처음은 아니었지만 우도에 내리니 가슴이 두근거리면서 살짝 흥분이 됐다. 입구에는 여행객을 상대로 2인용 전기차 렌트를 영업하는 사람들로 가득했다. 전용 자가용이 있는 나는 눈길한 번 주지 않았다.

우도의 핫스폿인 소머리오름의 능선 길을 즐기고 검멀레해수욕장 아래로 펼쳐지는 멋진 조망을 상상하며 방향을 정했다. 올레길을 따라 우도등대로 오르는 길. 성산일출봉 주변 바다에 빛내림이 멋지다. 성산일출봉에도 빛내림이 있을까? 무척 기대했지만 내 바람을 알지 못했는지 빛은 끝내 바다에만 머물렀다. 아쉬운 맘을 뒤로 하고 등대로 향했다. 자전거 끌바로 소머리오름에 오르니 사람들의 시선이 느껴졌다. 그리 힘들지 않은데 보는 이들에겐 그렇지 않은가 보다. 하지만 신경쓰지 않았다. 힘은 들어도 전망 좋은 멋진 길을 달려보고 싶었다. 오름 뒤 평원에 구불구불한 길이 흘러가고 있었다. 흘러간 길은 마을을 지나 바다로 가고 있었다. 지나온 내 삶의 그림자도 길의 모습과 닮아있길 바라본다. 올라오는 길은 어렵지 않았는데 내려갈 때는 계단을 이용해야 한다. 혹시 계단 옆 경사길이 있나 싶어 찾아봤지만 대안이 없다. 평소처럼 어깨에 메려고 자전거를 들어봤지만 무거운 배낭 때문에 꼼짝하지 않았다. '어쩔 수 없이 고생 좀 하겠구나' 생각하고 있는데 옆에 있던 쏠맨이 내 자전거를 번쩍 들어주었다. 자신의 등에 멘 배낭도 무거울텐데 내 자전거까지 어깨에 둘러메주니 어찌나 고맙던지. 멋진 남자 쏠맨의 동행

덕분에 쉽고 편하게 길을 내려올 수 있었다.

검멀레해수욕장을 지나니 길가에 핀 해국 향기가 바람에 실려 나를 에워쌌다. 세찬 바람조차 정겨워지는 시간이다. 쉬엄쉬엄 왔는데 벌써 비양도 입구다. 놀다 보니 밥을 먹는 일도 잊고 있었다. 텐트를 치기 전에 일단 식당부터 찾기로 했다. 우리는 늦은 점심으로 백짬뽕과 피자를 먹었다. 해산물로 가득한 짬뽕은 먹는 동안 내 입을 즐겁게 했다. 배도 부르고 몸도 데워졌으니 이제 정말 텐트를 치러 가자. 적당한 자리를 찾아 텐트를 치려는데 텐트 사이트 옆 카페 사람이 이곳은 사유지라 다른 곳으로 옮겨달란다. 뭐 당연한 요청이니 옮길 수 밖에.

비양도의 세찬 바람은 호락호락하지 않았다. 홀로 텐트를 치기엔 역부족이었다. 텐트를 부여잡고 어찌할 바를 모르는데 먼저 도착한 백패커(backpacker)들이 도움의 손길을 내주었다. 그 덕분에 아주 단단하게 텐트를 칠 수 있었다. 태풍만큼 강한 비양도의 바람도 텐트 안까지는 힘을 쓰지 못했다. 텐트를 흔드는 바람소리조차 신나는 비트박스처럼 느껴졌다.

드디어 길고 긴 밤이 시작되었다. 하늘을 가린 짙은 구름 사이로 드문드문 별이 반짝인다. 자다 깨다를 반복했지만 여지없이 행복한 밤이다. 엄청난 바람 속에서도 나의 텐트는 무사했다. 당연히 나도 안녕했다. 밤새 비양도 바람따라 날아가면 어쩌냐고 걱정을 퍼붓던 지인의 염려 덕분이다. 차갑게 뺨을 스치는 비양도 바람을 맞으러 텐트 밖으로 나왔다. 아직 어두웠다. 저 먼바다부터 올라올 빛 그림자라도 잡아보려 했지만 그 앞을 가린 구름이 꼼짝하지 않는다. 같이 밤을 지샌 사람들 모두 같은 방향을 바라보며 하염없이 태양이 떠오를 바다만 바라보았다. 드디어 주홍빛 태양이 구름 밖으로 외출을 시작했다. 수줍게 얼굴을 내미는가 싶더니 마지막엔 검은 구름을 뚫고 빛을 쏟아내다가 구름 속으로 사라졌다. 아쉬운 마음보다 그리고 그리던 비양도에서의 하룻밤이 만족스러워 몸도 마음도 붕 떠버렸다.

'아뿔싸' 텐트를 철수하는데 텐트 줄 하나가 끊어져 있었다. 돌에 묶어 놓은 줄이 밤새 흔들리다가 끊어졌나 보다. 아이슬란드에서도 문제 없던 텐트였는데 비양도 바람에 끊어지다니. 지난밤 얼마나 세찬 바람이 불었는지 이제야 실감난다. 하룻밤 이웃들과 진한 작별 인사를 나누고 비양도를 떠났다.

우도의 반환점이랄 수 있는 답다니탑망대로 향하는 길에 하늘이 파란색으로 바뀌더니 조금씩 한라산이 모습을 드러냈다. 파도치는 바다와 한라산을 함께 사진에 담으려고 사투 아닌 사투를 벌였다. 하고수동해수욕장을 지나 답다니탑망대에 닿았다. 사람이 너무 많아 사진 한 장 찍기 어렵다. 조금 지나니 식당 하나가 눈에 띈다. 깔끔하니 느낌이 좋다. 주인장이 추천한 모듬물회는 해산물도 가득하고 맛도 좋았다. 가격도 저렴했다. 맛있는 것을 먹고 난 후 행복감에 취해 한참을 머물다 자전거에 올랐다. 하우목동항으로 향하는 페달링이 가볍다. 아쉬운 마음에 잠시 자전거를 세우고 해변을 거닐다가 한라산을 바라보았다.

'언제 다시 이곳을 올 수 있을까?'

떠나기도 전에 기약없는 다음을 염려하다니. 누군가 들었으면 유별나다고 한소리 했을 텐데. 도착하지 않았으면 했던 천진항에 닿았다. 잠시 후 배가 떠난다는 말에 급히 표를 끊고 항구로 들어섰다. 우도와의 이별을 위한 잠깐의 틈도 허락되지 않는구나.

비양도에서의 하룻밤 추억이 우도 바람에 날아갈까 꼭 끌어안고 배에 올랐다. 꿈에서 다녀온 듯 아련하다. 작고 아름다웠던 섬안의 섬 우도가 점점 더 멀어져갔다. 만나면 이별이라지만 벌써부터 그립다. 엄청난 바람 속에서 잠못 이루던 우도의 그 밤이.

화려한 외출, 섬진강 꽃길 라이딩

벗꽃이 꽃망울을 터트리는 계절이 돌아오니 작년 이맘때 달렸던 섬진강 자전거길이 생각난다. 꽃비 맞으며 달리던 길이 자꾸만 나를 부른다. 하루 더 머물고 싶어 일정을 짜내는 사이 벗꽃은 절정으로 치닫고 있었다.

'올해는 당일로 만족하고 일찌감치 출발하자.'

다음 날 새벽에 출발하는 구례구역행 KTX를 예약했다. 여행 낌새를 눈치챈 구름빵이 밤늦게 연락을 해와 함께 가기로 결정했다.

원래는 남원 벗꽃길을 시작으로 구례에서 화엄사와

시목지^(始木地)까지 다녀오려 했지만 시간이 빠듯해 화엄사 홍매화를 구경하고 곡성 섬진강 라이딩을 즐긴 후 서울로 복귀하기로 했다. 구름빵은 수서역에서 나는 서울역에서 출발해 천안에서 만나 구례구역에서 내렸다. 역은 몇몇 라이더들만 눈에 띨 뿐 한산했다. 작년에 하루 묵었던 곳이라 그런지 가는 길이 친근하게 느껴졌다. 벚꽃도 작년보다 더 생생하고 풍성하다. 시작부터 페달을 돌리기 어려울 만큼 만발한 벚꽃이 발목을 잡았다. 섬진강 양쪽으로 늘어선 벚꽃 행렬은 끝이 보이지 않았다. 나는 다가가 벚꽃 속 꽃술까지 자세히 들여다보며 천천히 봄을 즐겼다. 진한 벚꽃 향이 나의 온몸을 가득 채웠다.

이제 대나무숲이 나타날 차례다. 작년에 거닐던 아침 햇살 가득한 대나무숲의 싱그러움을 일 년 내내 간직하고 살았는데 드디어 만나는구나. 앗, 상큼한 초록 기운이 빠져나간 느낌은 뭐지? 햇살이 부족한 탓에 초록의 빛이 어두웠던 것이다. 태양빛까지는 어찌할 수 없으니 아쉬운 맘을 달래는 수밖에. 우리는 대나무숲을 떠나 섬진강을 바라보며 간식시간을 가졌다. 이동하느라 쌓인 피로가 풀렸다. 이번에는 수선화가 가득한 동네로 들어섰다. 집집마다 노오란 수선화가 한가득이다. 발길이 바빠지고 기분이 점점 좋아진다. 구름빵도 수선화 삼매경에 푹 빠졌다.

지리산국립공원 안내 푯말이 반가운 걸 보니 화엄사가 멀지 않았구나. 하지만 이제부터 화엄사까지 오르막이다. 꼬리를 물고 늘어진 차량 옆으로 자전거를 타고 달렸다. 뒤를 보니 구름빵이 보이지 않는다. 잠시 서서 기다리니 그녀가 시야에 들어온다. 나는 가다 서다를 반복하며 그녀가 쫓아오는 모습을 확인했다. 오르막길을 힘들어하는 그녀지만 탈 없이 화엄사에 도착했다.

"역시 오르막은 힘들어요."

"이제부턴 힘들 일 없어요. 자전거는 두고 걸으면서 화엄사 구경해요."

누구보다 걷기를 좋아하는 그녀가 반색한다. 화엄사는 어김없이 사람들로 북적거렸다. 모두들 홍매화를 보러 온 모양이다. 부처님께 인사는 안 드리고 꽃만 구경한다. 우리는 봄날 소풍 나온 사람처럼 화엄사 이곳저곳을 구경하며 한가로이 거닐다가 올라오며 찜해 뒀던 식당으로 향했다. 늦은 점심이니 기다리지 않고 먹을 수 있다고 생각했는데 오산이었다. 오후 2시가 훌쩍 넘었는데 식당 앞에 대기 줄이 늘어서 있었다. 다행히 두 사람 자리가 나서 우리는 기다리지 않고 점심을 먹을 수 있었다. 자리에 앉으니 주문을 받기도 전에 찬이 나왔다. 정갈한 반찬이 먹음직스러웠다. 블로그에 포스팅할 사진을 찍고 싶어 식탁이 모두 차려질 때까지는 먹지 않고 기다렸다. 만족스런 사진을 남긴 후에 강된장에 밥을 비볐다.

"강된장은 세 수저만 넣고 비비세요."

주인장의 말에 따라 맛있는 비빔밥이 완성되었다. 강된장은 짜지 않고 달콤했다. 고소한 참기름 향이 입맛을 돋운다. 시원한 도토리 묵밥과 실가리 된장국도 구수하다. 남기면 어쩌나 했는데 말끔하게 비워냈다. 우리는 기분 좋은 점심 식사를 마치고 다시 자전거 페달에 발을 올렸다

시목지 가기 전 서시천 생태탐방로에 들어섰다. 자전거 통행이 가능한 작은 산책길은 흙길이 아니어서 자전거 타기 참 좋았다. 길 양옆으로 벚꽃이 너울거렸다. 살랑거리는 봄바람이 두 여자의 가슴속으로 들어왔다. 섬진강보다 아담하지만 벚꽃은 더 풍성했다. 이번 여행에서 만난 새로운 보물이었다. 내비게이션이 시목지로 향

하는 4차선 차도를 안내했다. 우리는 쏜살같이 달리는 차량 옆 갓길을 달리다가 안되겠다 싶어 다시 옛길로 들어섰다. 한결 마음이 편해졌다. 시골 동네를 달리며 여유롭게 라이딩을 즐겼다.

시목지로 향하는 마지막 길은 급경사라 너무 힘들었다. 한여름도 아닌데 땀이 엄청나게 흘렀다. 페달링 하는 다리가 터질 것 같았다. 그런데 아뿔싸! 힘겹게 올라왔건만 꽃은 이미 지고 없었다. 시목지에 핀 산수화는 빨리 피고 지나보다. 다행히 산수유 시목은 만날 수 있었다. 시목지의 보호수인 산수유 시목은 1,000년 전 중국 산둥성에서 가져온 산수유나무의 시조다. 달전마을 할아버지 나무와 더불어 할머니 나무라고 불린다. 이곳에서 전국으로 산수유가 보급되었다고 한다.

우리는 서울행 기차를 타기 위해 고민하다가 다시 구례구역으로 향했다. 되돌아가는 길은 찾기도 쉬웠다. 하지만 거리가 있어 기차 시간에 맞추려면 부지런히 달려야 했다. 두 여자의 힘찬 페달링이 섬진강 변에 울려 퍼졌다. 절반 정도 오자 열심히 쫓아오던 구름빵이 무척 힘들어했다. 무리해서 갈 이유가 없다고 생각한 나는 택시를 부르기로 결정했다. 그녀는 자신 때문에 라이딩 마무리를 못한다며 내내 미안해했다. 여행길에 예기치 않은 상황을 만나면 그때마다 유연하게 대처하면 된다. 여행은 오늘로 끝나는 것이 아니고 내일도 모레도 계속될 것이다. 오늘 못했던 라이딩은 다음에 다시 와서 즐기면 된다. 구례구역에 도착하니 기차 출발 10분 전이다. 잘 짜 놓은 시나리오 같다. 갑작스레 떠난 봄날 라이딩은 서시천이라는 새로운 길도 알게 해주었다. 홍매화부터 수선화, 산수유까지 만나고 돌아온 화려한 봄날의 외출은 성공이었다.

섬티아고, 작은 섬 순례길을 가다

"자네가 좋아할 곳이야. 신안에 있는 작은 섬에 순례
길이 만들어졌어."

몇 달 전, 선배가 문자 메시지와 함께 사진 한 장을
보내왔다. 한 사람이 들어가면 딱 좋을 작은 예배당에
서 무릎을 꿇고 기도하는 모습이었다.

작은 섬에 이런 멋진 교회를 만들다니. 생경한 풍경
이었다. 한국의 작가들뿐 아니라 외국 작가들도 참여
한 열두 개의 예배당들은 모세의 기적처럼 썰물 때만
건너갈 수 있다고 했다.

신안 기점·소악도에 산티아고 순례길을 모티브로 한 이 길은 '섬티아고 순례길(Pilgrim Island, 스페인 산티아고 순례길에서 따온 이름)'이다. 국내외 작가들이 모여 세상 어디에도 없는 작은 예배당 열두 개를 다섯 개의 섬에 지었다. 다섯 개의 섬인 대기점도, 소악도, 진섬, 소기점도, 딴섬을 총칭하여 기점·소악도라 부른다. 예배당은 열두 명의 사제를 주제로 만들어졌다. 주민 80%가 기독교인이고 한국 기독교 역사상 최초의 여성 순교자인 문준경 전도사의 발자취가 남아 있다. 문준경 전도사는 일 년에 아홉 켤레의 고무신이 닳아없어질 정도로 섬을 돌아다니며 전도를 했다고 한다. 힘들거나 위로받고 싶을 때 쉬어가기엔 더없이 좋은 곳이다.

섬은 다섯 개의 노두길로 하나가 된다. 노두길은 밀물이 되면 사라졌다가 썰물이 되면 나타난다. 약 12킬로미터인 길이 밀물에 사라지면 썰물이 되길 기다리거나 섬에서 하루 묵어야 하기 때문에 물때를 잘 살피고 여행 일정을 잡아야 한다. 각 예배당마다 1번부터 12번까지 고유번호가 있고, 열두 제자의 이름이 붙어있다. 산티아고 순례길처럼 종교에 구애 없이 걸으며 작품의 담긴 의미를 생각하며 쉬거나 기도의 시간을 가져도 좋다. 두 명만 들어가면 꽉 찰 정도로 아담한 공간에 들어서면 세상 누구의 방해도 받지 않을 것 같다. 이곳에서 나도 나를 위로해본다.

바다에 둥둥 떠있지만 너무 작아 지도에서조차 찾기 어려운 섬들을 천천히 즐기려는 마음으로 예약한 민박집은 대기자가 있을 정도로 인기가 많다. 예배당 매력에 풍덩 빠질 생각에 길을 나섰다. 1번 예배당부터 가려던 계획을 수정해 소악도로 향했다. 배에서 내리니 그늘도 없는 한여름 뙤약볕이 나를 반긴다. 너무 더운 여름에 찾아온 걸 후회하고 있는 사이 「신안 1004섬 자전거 대여소」가 눈에 들어왔다. 대여소에 가보니 자전거만 있고 관리인은 없다. 주변을 두리번거리는데 「1004섬 신안」이라고 쓴 자전거를 탄 여행객을 만났다. 그 덕분에 관리자와 연락이 닿아 자전거를 대여할 수 있었다. 전기자전거는 내가 페달에 발을 올리지 않아도 오르막 내리막을 편하게 이동할 수 있었다. 신나는 순례길이 될 것 같은 예감이 들었다.

소악도 선착장은 진섬에 있다. 그곳에는 10번과 11번

두 개의 예배당이 있다. 10번 유다 타대오 집은 소악도 노두길 삼거리에 있다. 자유로운 형상의 뾰족 지붕과 그 아래 파란 창문이 잘 어울린다. 예배당 문 앞에 서니 누군가 문을 열고 "누구세요?"라고 물어올 것 같다. 예배당 안쪽 창문에 있는 천사상과 잠시 이야기를 나눴다.

"너희들 만나러 바다 건너 이곳까지 왔단다."

유다 타대오의 집에서 나와 섬을 가로지르면 언덕위에 우뚝 선 11번 시몬의 집이 있다. 하얀 건물과 눈 모양의 빨간 하트, 작은 창문들이 어우러져 장난꾸러기가 서 있는 것 같다. 벽에 다섯 개의 하얀 조가비 문양 부조가 있다. 개방형 문 구조라 시원스러운 느낌이다. 뒷문을 나서니 바다가 펼쳐졌다. 소풍 나온 듯 장쾌하다. 열두 번째 가룟 유다는 유일하게 예수를 배신한 제자다. 12번 가룟 유다의 집은 지도에서 점으로조차 표시되지 않는 외딴섬에 홀로 있었다. 작은 백사장을 건너야 하지만 예배당 중 주변 경치가 가장 아름답다. 유럽의 일반적인 건축재인 붉은 벽돌을 요철 모양으로 쌓아 만들었다. 가느다란 첨탑 위 십자가와 기다란 창문들이 시선을 끈다. 경관은 아름답지만 홀로 서 있으니 마음 한구석이 찡했다. 소악도에 있는 9번 작은야고보의 집은 모세의 지팡이가 길을 안내하고 있었다. 프로방스 풍의 오두막이 아름답다. 부드러운 곡선의 목재 지붕과 작은 창문의 스테인드글라스가 멋지게 조화를 이룬다. 나무로 된 실내는 아늑했다. 소악도에서 소기점도로 연결되는 노두길 중간에 여덟 번째 제자 마태오의 집이 있다. 러시아 정교회 느낌이 물씬 풍기는 이곳은 황금빛 모스크가 찬란히 빛나고 있다. 예배당으로 이끄는 황금 계단이 유혹적이다. 7번 토마스의 집은 새하얀 외벽과 청색 창문이 인상적이다. 제단 위 성경 책과 흐르다 굳은 촛농을 보니 누군가 숨어서 나를 쳐다보고 있을 것 같다. 6번 바르톨로메오의 집은 아직 미완성이다. 저수지에 핀 연꽃처럼 신비스럽다.

대기점도에는 다섯 개의 예배당이 있다. 5번 필립의 집은 대기점도와 소기점도가 이어지는 노두길 시작 지점에 위치해 있다. 프랑스 남부의 전형적인 건축물 양식인데 문을 열면 동화 속 난쟁이들이 살고 있을 것만 같다. 길게 늘어진 지붕은 물고기 모양을 하고 있다. 안에 들어서니 유리로 만든 커다란 십자가가 나를 숙연하게 만들었다. 4번 요한의 집은 대기점도 남촌 마을 언덕에 있다. 특별한 장식 없이 단순한 원형 건물이다. 내부는 꽃을 모티브로 벽화가 그려져 있고 천장 스테인드글라스가 빛에 따라 변한다. 통풍을 위해 만든 기다란 창문과 다이아몬드 모양의 창문이 서로 마주 보고 있다. 3번 야고보의 집은 조금 외진 산기슭에 있다. 야고보는 열두 사도 중 최초의 순교자다. 중세 시대에 유해가 스페인 산티아고로 옮겨졌다는 전설의 주인공이기도 하다. 붉은 기와와 나무 기둥을 사용한 예배당은 작은 신전 같다. 2번 안드레아의 집은 북천 마을 동산에 있다. 해와 달을 모티브로 두 개의 공간이 나뉘어 있다. 고양이 섬답게 예배당 첨탑과 문 위에 고양이 조각이 있고 예배당은 고양이 상이 지키고 있다. 1번 베드로의 집은 선착장 바로 옆에 있다. 짙은 청색의 지붕과 새하얀 벽이 그리스 산토리니를 연상케 한다. 예배당 옆에는 순례의 시작을 알리는 작은 종이 있다. 나처럼 거꾸로 걷지 않고 이곳부터 순례를 시작한다면 종을 치고 순례길을 떠날 수 있을 것이다. 나는 대신 완주의 기쁨과

감사의 마음으로 종을 쳤다. 자전거로 느긋하게 돌고 나니 저녁식사 시간이다. 종종걸음으로 바삐 걸었을 길을 자전거 덕분에 더 자세히 들여다볼 수 있었다. 어쩐 일인지 열두 개의 예배당을 차근차근 돌았는데도 마음이 어수선하다. 나는 숙소에 도착했다가 다시 예배당으로 발길을 돌렸다. 1번부터 5번까지 차례대로 다시 순례길을 돌았다. 그제야 예배당의 모습이 선명하게 들어오기 시작했다.

내가 머문 민박집은 전라도 인심 그대로였다. 친절한 주인장 부부에게 낙지 탕탕이, 갑오징어 회, 낙지볶음 등 화려한 해물과 맛있는 김치까지 함께 있는 저녁밥상을 대접받았다. 그중에서 열무김치가 내 입맛에 정점을 찍었다. 낮에는 눈이 호강하고 밤에는 입이 호강을 했다.

신안의 밤이 깊어간다. 잠깐 얼굴을 내밀던 별들이 보이지 않는다. 하지만 아쉽지 않다. 차라리 고요한 안개에 잠긴 밤의 섬이 몽환적이다. 병풍도로 이어지는 노두길에 내려앉은 안개는 더욱 짙어지더니 섬을 휘감았다. 철썩이는 파도가 오늘의 BGM이다. 길가에 앉아 출렁이는 바다를 바라보는 밤이다. 잠이 오지 않는다.

나는 이른 새벽 순례길을 나서기 전 병풍도로 가는 노두길을 한바탕 달렸다. 그리고 다시 1번부터 순례길 복습에 나섰다. 세상에 혼자가 된 느낌이다. 어제는 보지 못했던 작은 촛대에서 흘러내린 촛농, 예배당 창으로 보이는 바닷가, 천장 작은 창을 통해 들어오는 고요한 빛, 청명한 하늘과 어우러진 예배당까지 적막하고 고요한 그곳에서 나조차 신비스럽다. 가룟 유다의 집은 자전거로 갈 수 없다. 질퍽한 갯벌이 속살을 드러냈기 때문이다. 걸어서 다녀오기엔 시간이 빠듯하다. 어제 보았으니 그것으로 만족해야지.

잠시 꿈을 꾼 듯하다. 기점·소악도 순례길은 스페인 산티아고 이상으로 아름답고 멋졌다. 섬 곳곳에 지어진 열두 개의 작은 건축물을 살펴보는 재미도 있지만 누군가를 위한 기도의 시간이나 나를 위한 휴식의 시간으로 제격이다. 「신안 1004섬」 자전거가 아니었다면 기점·소악도를 두 번이나 몰입해서 즐길 수 없었을 것이다.

첫 배를 타고 당일 코스로 다녀올 수도 있지만 하루 정도 묵으며 천천히 느릿느릿 걸으며 예배당 곳곳을 살펴보는 것도 좋다. 자전거를 이용하면 나처럼 피로감 없이 예배당을 돌아볼 수 있다. 기독교 신자가 아니어도 세상과 이별하고 근심 걱정을 뒤로 한 채 기점·소악도의 아름다운 풍광을 눈에 담으며 단 몇 시간이라도 순례자가 되어보는 건 어떨까?

서울 ─ 🚆 ─ 목포역 ─── 🚆 ─── 송공항 ─── 🚌 ─── 소악도

🚲

서울 ← 🚆 ─ 목포역 ─── 🚆 ─── 송공항 ─── 🚌 ─── 대기점도

험난한 무의도, 떼리국수가 뭐길래

국수 한 그릇 먹으러 가는 길 치곤 너무 멀다. 그래
도 즐겁다. 얼마 만에 구경하는 인천공항인가. 여권을
챙겨야 하는 여행이라면 얼마나 좋을까. 지난 추억만
들여다보고 있는 요즘, 공항이라는 말만 들어도 가슴이
뛴다. 우리는 인천공항 출국장에 모여 여행 가는 느낌
이 물씬 풍기는 사진을 찍는 것으로 아쉬움을 달랬다.
무의대교로 향하다가 잠시 파라다이스시티 호텔에 들
르기로 했다. 십여 대의 자전거가 로비에 들어서자 놀란
관계자가 우리를 저지하며 아침 식사 예약을 하지 않았
으면 이용이 어렵다고 단호히 말했다. 어차피 우리는 호

텔에 전시된 작품을 감상하러 왔으니 관계없다고 했다. 파라다이스시티 호텔에는 국내외 작가의 작품이 무려 2,700여 점이나 전시되어 있다. 값을 매기기 어려운 고가의 작품들도 있는데 갤러리라는 특별한 공간이 아니라 호텔 내부에 인테리어로 전시되어 있다 보니 그림을 관람하려면 자연스레 호텔 투어를 하게 된다. 정문 앞 분수로 가니 최정화 작가의 <골든 크라운>이 설치되어 있다. 호텔 안으로 들어가 데미안 허스트의 <골든 레전드>, 쿠사마 야요이의 <호박>, 하우메 플렌자의 <Anna B. in Blue> 등 모두 돌아보는데 몇 시간은 족히 걸릴 듯싶다. 다른 건물에도 많은 작품이 설치돼 있지만 호기심을 꾹 누르고 오늘의 목적지로 발길을 돌렸다. 다시 와서 도슨트 설명 들으며 차근차근 감상해야지.

무의대교에 올라서니 바다낚시를 즐기는 이들의 모습이 내 시선을 끈다. 가방에서 묵직한 카메라를 꺼내자 일행들이 깜짝 놀랐다. 카메라를 가져오지 않았다면 꼭 사진으로 남겨 두고픈 순간을 놓쳤음을 탄식하며 종일 눈앞에서 아른거렸겠지. 나는 줌으로 확 당겨찍고, 조금 더 광각으로 한 번 더 찍었다. 이제야 흡족한 마음이 밀려온다. 무의대교까지 가는 길은 업 다운이 연속되어 실전 연습을 하기에 더없이 좋다. 비로소 제대로 된 라이딩을 하는 느낌이다. 이미 몸은 땀으로 흥건하다. 모두들 재킷을 벗어던졌다. 마지막 고개를 남겨두고 잠시 휴식시간을 갖기로 했다. 아이스크림을 하나씩 입에 문 채 쪽쪽 빨아먹는 모습이 영락없는 아이들이다. 자전거를 타다가 먹는 아이스크림은 최고의 간식이다. 하나개해수욕장에서 잠시 멈춰 서해 갯벌을 구경하니 영화의 한 장면이 따로 없다. 드라마 「천국의 계단」 여주인공 모습을 따라 하며 낄낄거렸다. 익살맞은 모습에 일행들이 빵 터졌다. 웃음은 사람을 행복하게 만드는 묘약이다. 서로 멋진 장면을 연출하고 사진에 담아주었다. 함께 즐거워하는 이들이 있음에 감사하다. 돈으로도 살 수 없는 것이 추억이란 걸 알기에 가는 곳마다 열심히 사진으로 남겼다. 소무의도로 가는 길 역시 험난한 업 다운 코스가 계속되었다. 자전거도로가 따로 없어 인도로 가야 하다 보니 더욱 조심스러웠다. 마지막 오르막길은 경사가 엄청났다. 누가 단숨에 정상까지 올라갈 수 있을까 도전했지만 모두 실패로 끝났다. 우리는 실패도 즐겁다. 오늘의 자전거 코스를 계획해 준 석장인에게 고마웠다. 오랜만에 느껴보는 '자전거의 맛'이랄까. 엎어진 김에 쉬어간다고 우리는 마지막 언덕을 남기고 나무 아래 삼삼오오 모여 앉아 새로 산 차소년의 자전거를 구경하며 한바탕 웃었다.

드디어 기다리고 기다리던 뗌리 국수를 먹으러 갔다. 두대체 뗌리 국수가 뭐람? 처음 들어보는 음식 이름이 무척 궁금했다. 뗌리는 '떼무리'라는 말의 준말이자 소무의도의 옛 이름이기도 하다. 옛날 어부들이 짙은 안개를 뚫고 근처를 지나다가 섬을 바라보면 마치 말을 탄 장군이 옷깃을 휘날리며 달리는 모습 같기도 하고 선녀가 춤추는 모습 같기도 한 데에서 유래했다. 알고 보니 '뗌리'는 동네 이름을 붙여 만든 국수 명칭이었다. 음식이 준비되는 틈을 타 동네 마실을 나갔다. 자그마한 집들 사이로 난 골목길이 유년시절 살았던 동네를 재현해 놓은 것처럼 정겨웠다. 무척이나 어려운 시절이었지만 추억 속 가난은 질퍽거리지도 구질구질하지도 않다. 오히려 애틋하고 정답다. 뗌리 국수는 맑은 잔치국수에 주꾸미가 통째로 세 마리나 얹혀 있었다. 먹기도 전에 침이 고였다. 계절마다 다양한 해산물이 올라오는데 오늘은 내가 좋아하는 주꾸미다. 열심히 자전거를 탄 후에 맛보는 뗌리국수야말로 천상의 맛이다. 요즘같이 선선한 바람이 불어오는 제철에 먹는 주꾸미는 쫄깃하고 달다. 먹기 좋은 크기로 잘린 주꾸미를 새콤한 초장에 찍어 먹는 맛이란! 서비스로 주신 것까지 다 먹고 나니 숨쉬기도 힘들었다. 맛있는 음식을 먹는 행복을 포기할 수 없는 나는 굶는 다이어트는 생각조차 하지 않는다. 음식을 앞에 놓고 참는다는 건 인내를 넘어서 고통이기 때문이다. 대신 먹고 난 후 열심히 운동한다. 오랜만에 바닷바람을 맞으니 해외여행을 온 것처럼 들뜨고 말았다.

우리는 마지막 코스를 즐기기 위해 왕산마리나로 향했다. 인천 투어 버스에 몸을 싣고 송도 야경을 즐기기로 했다. 왕산마리나까지 가기 위해서는 왔던 길을 되돌아가야 한다. 주꾸미로 몸보신을 해서 그런지, 한 번 지나온 길이라 그런지 아무리 업 다운을 해도 처음보다 수월하다. 마의 구간이 나타나자 약속이나 한 듯 일제히 자전거에서 내려 끌바로 언덕을 넘어섰다. 이제부터는 평화로운 길이다. 시간이 촉박한 우리는 휴식 없이 을왕리를 거쳐 마시안 해변까지 달렸다. 뉘엿뉘엿 해가 지기 시작했다. 잠시 자전거를 세우고 낭만적인 광경을 사진에 담았다. 왕산마리나에 도착해 간신히 시티 투어 버스를 탔다. 버스를 타자마자 먹구름이 하늘을 뒤덮기 시작했다. 멋진 송도의 일몰을 구경하려던 계획은 물거품이 되었다. 어쩌랴, 이 또한 여행의 일부인 것을.

여행의 시작은 낯선 이름의 국수 한 그릇이었건만 오가는 길에 멋진 예술작품을 만나고 바다 내음을 맡고 주꾸미를 배가 터지도록 먹었다. 뭐니 뭐니 해도 오늘의 하이라이트는 험난한 자전거 코스였지만 단단한 허벅지를 가진 나로선 이 또한 즐겁지 아니한가. 나는 오늘도 점점 단단해지고 있다.

선녀의 섬, 선재도 갯벌을 달리다

생전 들어본 적 없는 자전거 여행을 떠나자고 연락이 왔다. 일명 '뻘라이딩'이다. 뻘이라 함은 내가 알고 있는 갯벌을 말하는 것인가. 에이, 설마. 발 하나만 빠져도 헤어 나오기 힘든 곳에서 어떻게 자전거를 탄다는 건지 이해 불가다. 아무리 상상을 해도 상상이 가지 않는다. 이번 목적지는 선녀가 내려와 목욕하고, 춤을 췄다는 아름다운 섬 선재도다. 한국에서 가장 아름다운 섬으로 떠나는 여행이라니!

약속했던 시간보다 한 시간 일찍 도착해 둘러본 선

재도는 섬이라기보다 작은 어촌이다. 바닷물이 빠진 고요한 갯벌의 모습에 잠시 넋을 잃었다. 선재도를 사이에 두고 뭍에서 목섬까지 모랫길로 이어져 있다. 목섬으로 향하는 길은 바닷길이 열린 것처럼 몽환적이다. 금방이라도 영화 속 주인공의 뒷모습을 담은 멋진 엔딩이 탄생할 것 같다. 지구와 달이 밀고 당기다가 만들어지는 썰물시간이 되면 어미 섬인 선재도에서 목섬까지 넓고 긴 모랫길이 생긴다. 사람들은 이 길을 '목떼미'라 부른다. 우리가 알고 있는 목덜미라는 뜻이다. 그 길은 삽시간에 나타났다가 사라진다. 모랫길이 바다에 잠기면 목섬은 다시 섬이 된다. 해거름이 몰려들 때면 목섬은 홀로된다. 다시 바다로 돌아간 목섬을 주홍빛 노을이 감싼다. 미국 CNN이 2012년 한국의 아름다운 섬 33선을 선정했는데 선재도가 1위를 차지했다. CNN은 '국제공항이 있는 인천에 이런 비경이 있으리라고 누가 상상했겠느냐'는 감상평을 남겼다고 한다. 나 역시 상상했으랴, 이토록 아름다운 섬에서 자전거를 타게 될 줄. 신기하게도 다른 곳은 모두 질퍽거리는 갯벌인데 이 길은 단단한 모래로 되어있다. 얼마나 오랫동안 쌓이고 쌓여 만들어진 길일까. 적막감마저 감도는 새벽 바다가 한없이 조용하다. 목떼미 길을 향해 발걸음을 옮길 때마다 날것의 바다 내음이 내 몸 깊이 파고든다. 꿈길을 달리는 기분이다. 아무리 그래도 '뻘'에서 자전거를 타다니 말이 안 된다. 무척 단단해 보였던 갯벌이지만 자전거 바퀴가 구르기엔 다소 무리가 있나 보다. 자전거 핸들이 흔들흔들하더니 곧게 나가지 못하고 삐뚤빼뚤 자유롭게 굴러간다. 멋진 섬에서 새로운 경험을 한다는 것만으로도 웃음이 만발한다. 다섯 명의 멤버 중 두 명은 환갑을 훌쩍 넘었다. 믿거나 말거나.

선재도에 가면 반드시 들러야 할 곳이 있다. 바로 갯벌 앞마당에 펼쳐진 카페다. 이곳을 처음 본 순간 마치 중남미 어딘가가 아닐까 하는 착각이 들었다. 아버지와 함께 어부 일을 하며 살았던 사진작가가 주인장이다. 이 부자 이야기에 매료된 만화가 허영만이 그들을 모티브로 그린 만화가 『식객』에 소개되기도 했다. 사진작가가 운영하는 카페답게 내부는 아주 오래된 카메라와 책으로 가득했다. 한쪽 외벽에는 혁명가 체 게바라가 아주 커다랗게 그려져 있고, 그 주변에는 아기자기한

소품들이 장식되어 있었다. 카페는 어느 자리에 앉아도 선재도를 배경으로 멋진 사진을 찍을 수 있다. 나는 갯벌에서 불어오는 바람을 맞으며 커피를 마셨다. 이보다 더 평온할 수 있을까. 어느 틈에 행복이 내 곁에 와 살며시 앉는다. 갯벌 라이딩은 새로웠지만 앞으로 나아가지 못하는 아쉬움이 컸다. 선재도까지 왔으니 이왕이면 쭉 달려보고 싶다는 욕망에 사로잡힌 우리는 영흥대교를 건너 십리포해수욕장으로 내달렸다. 십리포 숲마루 길로 둘러싸인 해수욕장 둘레는 채 1킬로미터가 안 된다.

이곳엔 인천시가 보호수로 지정한 소사나무 군락지가 있다. 해풍을 막기 위해 조성한 인공조림이다. 보호수답게 울타리가 쳐져 있어 안으로는 들어갈 수 없다. 소사나무가 만들어준 그늘에 앉으니 시원한 바닷바람이 언덕을 넘어와 흘린 땀을 식혀주었다. 달콤한 아이스크림을 입에 물으니 더 이상 바랄 게 없다.

선재도를 다녀오기 전에는 미처 몰랐다. 이토록 첫눈에 반하게 될 줄은. 마치 오래전부터 알고 있던 곳처럼 느껴진다. 머리를 식히고픈 공간이 필요하다면 적극 추천한다.

콧바람 꽃바람 봄바람, 여주 라이딩

소소한 일상이 엄청난 모험처럼 느껴지는 날들의 연속이다. 아직 쌀쌀하지만 조금 이른 봄맞이를 하고 싶어 우리들은 문막으로 향했다. 버스에서 내린 문막의 모습은 예상과 달리 너무 휑하고 썰렁했다.

"어디로 가려고 이곳에서 내렸을까?"

아무것도 없을 것 같지만 이곳에는 섬강으로 향하는 길이 있다. 섬강은 강원도 태기산에서 시작해 원주시를 지나 남한강과 만나는 강이다. 섬강이라는 이름은 처음 듣지만 태기산은 익히 들어 알고 있다. 쭉 따라가면 남한강을 만나게 된다. 거기부터는 여주로도, 서울로도 갈 수 있다. 아무래도 이곳을 자주 찾아오리란 예감이 들었다.

길을 따라 달리다 보니 오랜만에 정겨운 시골 냄새가 진동했다. 우리는 마음 가는 대로 페달을 굴리며 아직 메마른 논밭과 섬강 곁을 지났다. 세찬 바람 속에 숨어있는 따사로운 햇살이 우리와 숨바꼭질하는 듯 조심스레 얼굴을 내밀었다. 아직 꽃은 피지 않았지만 꽃나무에 맺힌 꽃망울을 보면서 봄이 머지않음을 실감했다. 오랫동안 기다렸던 봄을 조금 더 일찍 맞이하러 나오니 더욱 반갑다. 꽃들이 만개하는 모습을 상상하며 페달을 돌렸다. 구불구불하게 이어진 강가에는 겨우내 자리를 지킨 빛바랜 억새들이 햇살 아래 몸을 드러내고 있었다. 도보로만 걸을 수 있는 길에 들어선 우리는 페달을 돌리며 메마른 강가를 누비던 자전거를 어깨에 메고 징검다리를 건너기로 했다. 길을 걷는 도보 여행자들이 우리를 보곤 눈이 휘둥그레졌다.

"징검다리를 건너시려고요?"

"네!"

우리는 대답과 동시에 성큼성큼 징검다리를 건넜다. 사람들이 뒤따라오며 박수를 쳤다. 박수 소리에 에너지가 솟았는지 별로 힘들지 않았다. 감사의 표시로 손을 흔들었다. 염려와 박수를 받았으니 이제 우리는 타인이 아니라 길 위의 친구다. 섬강 건너편도 아직 쌀쌀했지만 우리는 섬강을 따라 8킬로미터 이상을 내달렸다. 모처럼 속도를 내 강가를 달리니 손끝이 시리긴 해도 상쾌했다.

다음 여정은 강천섬이다. 강천섬은 여강길 3코스 중간지점에 있다. '여강'은 여주를 지나는 남한강의 옛 이름이다. 여주를 지나 남한강 양쪽 기슭을 따라 한 바퀴 도는 둘레길인 여강길도 언젠가 기회가 되면 걸어봐야겠다. 섬강을 건너 강천으로 들어서니 업 다운이 반복된다. 차가운 날씨인데도 몸이 뜨거워졌다. 드디어 남한강에 들어섰다. 오늘의 최종 목적지인 강천섬이 머지않았다. 강천섬은 강변 모래톱이 떨어지면서 생긴 섬인데 언덕이 전혀 없는 평지다. 너른 잔디밭이 있어 캠핑하기엔 최적의 장소이다. 봄이면 벚꽃이 가득하고 가을이면 은행나무 가로수가 황금빛으로 물들어 비처럼 쏟아진다. 새벽녘 운무에 휩싸인 강천섬이야말로 한 폭의 수묵화가 따로 없다. 강천섬에는 그 흔한 편의시설도 없다. 전기시설도 샤워장도 없고 화장실만 한 군데 있다. 차량 출입도 금지다. 섬에 들어가려면 주차장에 차를 세운 뒤 걷거나 자전거를 타야 한다. 섬을 보호하려는 노력 덕분에 자연 그대로의 모습을 보존하고 있어 백패커들의 성지로 유명하다. 캠핑하기엔 아직 추워서인지 주말인데도 인적이 드문 섬은 스산했다. 페달을 돌리느라 데워졌던 몸도 식었다. 오늘따라 적막이 감도는 강천섬이 가슴에 더 와닿는다. 언제가 될지는 모르지만 나는 텐트 칠 자리까지 찜해 놓았다. 자전거를 세워놓고 강천섬을 걸었다. 사각사각 마른 잔디 소리를 벗 삼아 하늘에 떠 있는 흰 구름을 동무 삼아 겨울의 끝자락에서 함께 봄을 맞이했다. 가슴 가득 들어온 봄의 향기가 새어나갈까 봐 꼭 끌어안아 주었다.

여주역에 도착했다. 오늘도 콧바람, 꽃바람, 봄바람과 함께 꿈같은 라이딩을 마쳤다. 시원한 바람에 나쁜 기운은 모조리 날아갔다. 열심히 페달을 굴렸더니 체온이 2도쯤 상승한 것 같다. 내 몸속 저항력을 굳건히 키우며 싱그런 봄을 맞이해야지. 즐겁고 행복했던 순간들이 한 폭의 수묵화가 되어 사진 안에 고스란히 담겼다. 개나리가 활짝 피면 다시 와야지. 그때는 어떤 모습으로 날 맞이해줄까?

새콤달콤 김천 자두에 빠진 날

　경북 김천 하면 대부분 직지사를 가장 먼저 떠올릴 것이다. 하지만 내가 기억하는 김천은 황학산과 삼도봉이다. 삼도봉은 충청북도, 전라북도, 경상북도가 만나는 지점에 솟아있는 봉우리로 산을 즐기는 이들에겐 익숙한 이름이다. 이곳 김천은 여름의 시작을 알리는 자두 생산지로도 유명하다. 우리나라 전체 생산량의 30%가량을 생산하고 있다. 김천 자두는 전국에서 가장 향이 좋고 맛있기로 유명하다. 내륙분지로 이루어진 지역답게 여름 기온이 높다 보니 뜨거운 태양이 자두의 단맛을 한층 농축시켜 준다고 한다. 요 자그마한 과일이 사과보다 철분을 13배, 바나나보다 칼륨을 2배, 키위보다 비타민A를 9배 많이 품고 있다. 항산화 성분도 풍부해 노화 방지에도 탁월하다. 얼른 김천으로 떠나 올여름 자두를 제일 먼저 맛봐야겠다.

일기예보는 또 비 소식을 전했지만 우리는 아랑곳하지 않고 서울역에 모였다. 요즘은 교통이 좋아져 KTX와 SRT만 타면 국내 어디든지 당일 여행이 가능하다. 아침 7시에 수서역을 출발한 기차는 한 시간 남짓 달려 우리를 김천에 데려다주었다. 근처 콩나물 해장국집에서 간단히 아침을 먹었다. 새벽부터 움직이느라 다들 시장했는지 모두 그릇을 싹 비워냈다. 김천 시내에서 자전거로 10여 분을 달리니 정겨운 시골 풍경이 펼쳐졌다. 각종 농작물이 심어진 푸릇한 대지와 어우러진 나지막하고 크지 않은 집들은 보고만 있어도 마음이 편안해졌다. 우리는 끝없이 펼쳐진 들판을 달리고 개울을 건넜다. 초록 바람이 불어와 땀을 식혀주었다. 꼬박 자전거만 타고 이동하니 힘은 들지만 자연 그대로를 즐길 수 있어 좋았다. 마침내 들판이 끝나고 각종 과실수가 가득한 과수 단지로 들어섰다. 언제부터인지 우리의 농로도 흙길이 아니라 일본처럼 시멘트 도로로 변했다. 비닐하우스에는 통통하고 진한 보랏빛 포도가 자라고 있었다. 침이 꼴깍 넘어갔다. 혼자였다면 이끌리듯 하우스 안으로 들어가 포도를 맛보았을 텐데. 포도가 눈에 밟혀 발길이 떨어지지 않았다. 나무에는 발그스름하게 잘 익은 복숭아가 주렁주렁 매달려있었다. 그 아래에는 탐스러운 복숭아 낙과들이 나뒹굴고 있었다. 하나쯤 집어먹으면 꿀맛일 텐데. 요즘 시골 인심이 예전과 달라 시도하기 조심스럽다. 포도, 복숭아, 자두, 사과 등 가도 가도 끝이 없다. 이토록 다양한 과일을 한곳에서 만날 수 있다니. 밥은 안 먹어도 과일은 꼭 먹어야 하는 나 같은 사람에게 김천은 사랑스러운 곳임에 틀림없다.

자두 농장에 도착하자 주인장이 호탕하게 웃으며 우리를 반겨준다. 바구니에 가득 담긴 자두가 눈에 들어왔다. 주인장은 자두가 담긴 바구니를 우리에게 내밀며 말했다.

"큰 바구니에 있는 자두는 선별한 거예요. 오늘 출하할 상품이니 이것으로 맛보세요."

먹음직스럽게 생긴 자두를 집어 한 입 베어 물었다. 말이 필요 없는, 상상한 맛 그대로다. 탱글탱글 살아있는 과육은 달콤한 맛 뒤에 새콤한 맛으로 우리를 매혹시켰다. 순식간에 해치우고 다시 한 개를 탐했다. 도시에 살다가 귀농해 과수 농사를 시작했다는 그녀는 시원한 성격에 거침없는 입담을 과시했다. 도시에 살던 아들까지 합류해 농사를 짓고 있어 한결 편하고 즐겁다고 한다. 뭐든 씩씩하게 헤쳐 나갈 것 같은 주인장의 호탕한 성격이 부러웠다. 커다란 소쿠리에 국수가 한가득 담겨왔다. 우리 일행 열여섯 명이 다 먹고도 남을 만큼의 양이다. 멸치육수에 호박채 볶음과 달걀지단 고명까지 준비되어 있었다. 바라만 봐도 엄청난 양의 식사를 준비하느라 얼마나 고생했을까. 일을 도우러 간 것도 아니고 과일을 사러 간 것도 아닌데 이렇게 융숭한 대접을 받다니. 그저 나무 아래서 과일 좀 먹고 싶었을 뿐인데 푸짐한 시골 인심에 또 한 번 감동하고 말았다. 입으로는 "양이 너무 많아요"라고 외쳤지만 이른 아침 밭일하고 돌아온 농사꾼처럼 커다란 대접으로 국수를 가득 담아 뚝딱 해치웠다. 후식은 떨어진 자두다. 아침에 자두를 수확하며 먹을 수 있는 것들만 골라 담아놓았다고 한다. 입가심으로 새콤달콤한 자두까지 먹으니 완벽한 식사다. 과수원으로 이동하려는데 비가 오기 시작했다. 여성 라이더들은 자전거 대신 작은 카트를 타고 이동했다. 운전기사를 포함해 여섯 명이 카트에 올랐다. 카트에 앉아 빗속을 뚫고 달리는 남성 라이더들을 여유롭게 바라보는 쾌감까지 즐기며 과수원으로 향했다.

과수원에서 농장주 아드님의 과실수 특강이 이어졌다. 마치 귀농을 준비하며 자료조사를 나온 사람처럼 예리하고 진지한 질의응답이 오갔다. 나이가 들어도 지적 호기심은 줄어들지 않는 모양이다. 자두와 복숭아 농사에 관한 공부가 끝나고 우리는 다시 김천 시내로 출발했다. 빗줄기가 더욱 거세지고 있었다. 곳곳마다 빗물이 고여 달리기가 쉽지 않았지만 선두는 제이크가 후미는 나무별이 앞에서 끌고 뒤에서 밀어주니 빗길 라이딩도 즐겁고 안전했다. 우리들의 웃음소리와 빗소리가 멋들어지게 어울렸다.

김천에는 맛집이 꽤 많다. 길을 떠나면 눈으로 즐기는 맛도 중요하지만 입으로 즐기는 맛은 더 별미다. 오죽하면 금강산도 식후경이겠는가. 우리는 김천 시내로 들어가 도넛 가게로 향했다. 좀 전에 먹은 국수가 아직 소화되지 않았다고 하는 사람은 아무도 없었다. 달콤한 팥과 쫄깃한 찹쌀이 잘 어우러진 도넛 가격이 단돈 500원. 도넛 가게 사장님이 빗길이 미끄럽다며 조심하라고 일러주었다. 그의 세심한 마음 씀씀이를 고마워하며 우리는 100년 된 초밥집으로 향했다. 이 작은 도시에 100년 된 초밥집을 누가 상상이나 해봤을까? 우리나라 소도시에서 100년 된 일본 음식이라니. 도저히 상상이 가지 않는다. 제이크의 강력 추천이니 더욱 궁금하다. 초밥집은 진짜로 1920년부터 3대에 걸쳐 같은 자리에서 영업을 하고 있었다. 가게 내부는 아담했다. 오늘 같이 축축한 날엔 뜨끈한 어묵탕이 최고다. 멸치국수에 도넛까지 먹었는데도 우리는 조금 이른 저녁을 먹겠다며 어묵탕과 초밥을 주문했다. 접시에 담겨 나온 초밥의 모양부터가 예사롭지 않다. 장어, 연어, 문어, 새우 등 종류도 다양해서 더 맛있다. 어묵탕의 육수도 진국이다. 옛날 방식 그대로 오랜 시간 멸치를 우려낸 깊고 진한 맛이다. 어묵탕에는 새우, 문어, 유부 등이 가득해서 골라 먹는 재미까지 있었다. 가격까지 착한 이 가게가 앞으로도 계속 자리를 지켜줬으면 좋겠다.

우리는 멋과 맛을 듬뿍 담아준 김천 라이딩을 마치고 다음 여행지로 이동하기 위해 KTX에 몸을 실었다. 다음 목적지는 또 어떤 모습을 하고 있을까.

세
상
하
나
뿐
인
헬
멧,

영
동
갤
러
리
카
페

함께 자전거를 타는 제이크의 회사 본사는 김천에 있다. 2년간 김천에서 근무한 그는 김천의 후미진 골목 길까지 모두 꿰차고 있다. 매일 자전거로 출퇴근을 하며 얼마나 누비고 다녔을지 안 봐도 눈에 선하다. 그가 김천에 사는 동안 인연을 맺고 즐겨 갔다는 영동 갤러리 카페, 예술창고가 있는데 처음엔 이름이 독특해 예술가들이 운영하는 실험 창고인 줄 알았다. 노래하고 그림 그리는 창고지기는 개인전을 수차례 연 중견작가다. 그녀는 지방 소도시 벽화 그리기에 많은 관심을 가지며 현재까지 40여 곳 이상의 마을에 벽화를 그린 환경미술가이기도 하다.

두 번째 갤러리 카페를 찾은 날. 비는 그칠 줄 모르고 내렸다. 빗소리와 함께 창고지기 화가의 라이브 공연이 시작되었다. 우리는 조용히 노래를 감상하다가 어느새 목청 높여 따라 부르기 시작했다. 대학 시절 MT에서 불렀던 노래들이 줄줄이 소환되었다. 처마 밑 지붕에서 떨어지는 빗소리를 듣고 있자니 기타 반주에 밤새도록 노래를 불렀던 그 시절이 생생하게 기억났다. 세상 모든 행복을 다 가졌던 시절이었다. 노래가 끝난 후 <빈 엽서에 그림 그리기>라는 작은 이벤트가 펼쳐졌다. 작가는 가장 멋진 그림을 그린 세 명을 뽑아 자전거 헬멧에 직접 그림을 그려준다고 했다. 붓을 만져본 기억조차 희미한데다 그림 실력이 빵점인 나는 어떻게 해야 할지 암담했다. 슬쩍 주변을 살피니 다들 쓱싹쓱싹 쉽게 잘도 그린다. 농장에서 봤던 자두, 본인의 자화상 등 다양한 작품이 탄생했다. 작품 그리기가 끝나고 우수작품을 선정하는 시간이 왔다. 화가의 그림을 갖게 될 행운아는 누구일까? 부러움에 눈이 먼 순간 작가는 우리

모두의 헬멧에 그림을 그려준다고 했다. 야호!

배고픈 우리들은 작품이 그려지는 동안 저녁 식사를 하러 나갔다. 식당까지 헬멧 대신 판초에 달린 모자를 쓰고 출발하기로 했다. 한참을 달리는데 어째 주란이 보이지 않는다. 늘 뒤처진 사람들을 보살펴주는 나무별도 마찬가지로 안 보였다. 한참을 기다리고 있으니 주란이가 거의 울기 직전의 얼굴로 나타났다.

"무슨 일이야?"

"헬멧을 안 썼더니 판초 모자가 눈을 가려서 앞이 안 보이는 거야. 무서워서 죽는 줄 알았어."

울먹이는 주란의 머리에서 빗물이 뚝뚝 떨어졌다. 말도 제대로 하지 못하는 그녀를 진정시킨 후 저녁 식사를 마쳤다.

"괜히 헬멧에 그림을 그린다고 했나 봐."

그녀는 카페로 향하며 볼멘소리를 했다. 유독 비 오는 날을 싫어하는 그녀에게 함께 오자고 한 것이 후회스러웠다. 즐거운 추억을 만들고 싶었는데 기억하기 싫은 날이 될 것만 같았다.

카페에 도착하니 헬멧에는 제각기 다른 그림이 그려

져 있었다. 짧은 시간 동안 어떻게 각자의 성향을 파악한 걸까. 나의 헬멧 정수리에는 소담스러운 꽃송이가 피어있었고 주란의 헬멧에는 그녀를 꼭 닮은 앙증맞은 고양이가 앉아 있었다. 울상이던 주란이 그림을 보더니 배시시 웃는다.

"고양이가 너무 귀여워. 맘에 쏙 들어."

어느새 사람들에게 자신의 헬멧을 보여주며 연신 싱글벙글이다. 세상에서 하나뿐인 헬멧을 받아든 주란의 표정은 그야말로 행복 그 자체다. 방금 전까지 울먹이며 툴툴거리던 내 친구 주란이 어디갔니?

안성 포도밭, 어서 너는 오너라

탐스럽게 익은 청포도를 먹으러 안성으로 향했다. 스페인 포도밭에 앉아 입을 벌리고 포도를 먹던 내 모습이 떠올랐다. 그때처럼 신선한 포도를 마음껏 먹을 수 있으려나. 바람은 선선하고 햇살은 따사롭다. 풍요를 기원하는 가을이 느껴지는 날씨다. 새콤달콤 포도를 상상하니 페달을 돌리는 내내 군침이 돈다.

안성터미널에서 포도밭으로 가는 길은 농로다. 이제 익어가기 시작한 볍씨들이 고단했던 지난 태풍과 장마에도 살아남아 탐스럽게 매달려있다. 참으로 대단한 생

명력이다. 일 년 동안 우리들의 식탁을 건강하게 지켜
줄 녀석들이 대견하다. 기름기 자르르 흐르는 하얀 안
성 쌀밥 생각에 그만 입안에 침이 고였다. 밥만 맛있으
면 무엇이든 맛있다 하시며 추석만 되면 햅쌀로 지은
밥 한 그릇에 아이처럼 행복해하시던 엄마 모습이 떠오
른다. 싱그런 초록이 황금빛으로 익어가는 논을 뒤로하
고 달려 나갔다. 안성이 쌀만 유명한 게 아니었지. 안성
한우야말로 으뜸가는 추석 선물이잖아. 안성 유기그릇
과 가죽 꽃신은 또 얼마나 잘 만들었길래 안성맞춤이
란 말까지 생겨났을까. 안성엔 포도뿐 아니라 좋은 게
참 많구나.

"예부터 지방의 모든 물자가 안성을 통해 서울로 올
라갔어요. 오죽하면 '안성에 가면 무엇이든 있다'는 말
이 나왔겠어요."

피터팬이 설명을 덧붙인다. 교통의 요지면서 비옥한
땅인 안성이 '편안한(安) 성(城)'이 된 이유를 알 것도 같
다. 서운면에 있는 포도 농원까지는 멀지 않지만 시골
풍경에 넋을 잃어 한 시간도 넘게 걸렸다. 농원은 50여
종의 유기농 포도를 재배하고 있었다. 독일에서도 유기

농 인증을 받았다니 무척 기다려진다. 우리가 예정보다 일찍 도착하는 바람에 주인장의 손길이 분주하다. 그녀는 아침 일찍 따놓은 포도들을 쟁반에 담아 콸콸콸 흐르는 지하수에 씻어 내왔다. 샤인머스캣, 알렉산드리아, 캠벨은 보기만 해도 탐스럽다. 탱탱한 포도 한 알을 입속에 넣으니 아삭하게 씹히며 새콤한 포도과즙이 입안 가득 퍼졌다. 제일 인기 많은 샤인머스캣은 당도가 높고 산도가 낮아 가격이 비싸도 남녀노소 모두 좋아하는 품종이다. 화이트와인 원료로 쓰인다는 알렉산드리아는 3,000년 전부터 재배된 가장 오래된 품종이다. '포도의 여왕'이라 불리며 우아한 단맛을 낸다. 우리에게 가장 친숙한 캠벨은 포도 생산량의 80%를 차지한다. 넉넉한 생산량만큼 가격이 제일 착하다. 주인장이 정신없이 포도를 먹는 우리를 보고 아침을 안 먹고 왔냐고 묻는다. 민망해진 우리는 오는 길에 해장국을 한 그릇씩 비웠다며 깔깔거렸다. 주인장은 농원에서 직접 빚었다는 와인도 건넸다. 우리는 탐스러운 포도송이와 포토타임을 갖고 포도 품종과 농사에 대한 질의응답도 나눈 후 농원을 나섰다.

농원에서 금광호수로 가는 길은 농로로 이어져 있어 시골길 풍광을 즐기며 여유롭게 라이딩하기 좋았다. 그런데 마지막에 업힐 구간이 숨어있을 줄이야. 자전거도 인생처럼 우여곡절이 있어야 참맛을 느낄 수 있는 건가. 나는 허벅지에 힘을 주고 있는 힘껏 페달을 돌렸다. 살짝 땀이 흐르며 뿌듯한 이 기분, 은근 중독될 것 같다. 금광호수는 보는 순간 감탄사가 나올 만큼 아름다웠다. 예사롭지 않은 하얀 구름이 금광호수에 담긴 모습은 비경이었다. 서울 가까이에 이렇게 멋진 곳이 있는 줄 몰랐다니! 우리는 보트를 타고 호수 건너편에 있는 식당으로 향했다. 장작 삼겹살이 준비되는 동안 나는 배에서 내릴 때 눈여겨봤던 데크길을 걸었다. 길 입구에 「박두진 문학 길」이란 안내판이 보였다. 문학 길은 금강호수를 바라보며 걷는 초록의 산책길로 이어져 있었다. 시인 박두진 선생의 고향인 안성 금광호수에 있던 집필실이 지금은 문학관이 되었다. 시간이 모자라 끝까지 걷지는 못하고 금광호수 주차장까지만 걸었다. 초록의 숲과 아름다운 호수가 완벽한 길을 걸으며 박두진 시인의 시를 읽었다. 그중에서 <어서 너는 오너라>는 시구절이 정겹게 다가왔다.

복사꽃이 피었다고 일러라
살구꽃도 피었다고 일러라

남은 길은 다음으로 남겨두고 서둘러 식당으로 돌아
갔다. 마침 주문한 식사가 나왔다. 장작으로 구워내 기
름이 쫙 빠진 고기는 담백하고 맛있었다. 양이 적어 살
짝 아쉬웠다. 잘 익은 볶은 김치와 함께 먹으니 감칠맛
이 났다. 특히 밑반찬이 내 입에 꼭 맞았다. 별다른 양
념 없이 담백하게 절인 깻잎장아찌는 제대로 내 취향
이었다. 아쉬운 발걸음을 뒤로하고 서둘러 보트에 몸을
실었다.

빙수가 맛있다는 소문만 2년째 듣고 가지 못했던 카
페를 여름의 끝자락에서 만나게 되었다. 선선한 바람이
불고 있지만 오늘 꼭 먹고 말겠다. 카페는 입구부터 내
부까지 온통 초록의 식물들이 뒤덮고 있었다. 한쪽 벽
면에는 각종 꽃차 재료들로 그득했다. 자리를 잡고 앉
으니 탁 트인 금광호수가 한눈에 들어온다. 이곳 메뉴

는 주인장이 직접 재배한 재료만 쓰고 있다고 했다. 베리가 가득한 빙수는 과일과 연유로만 어우러져 달지 않고 맛이 깔끔했다. 인절미를 와플 기계에 구워 만든 밀랍 떡을 과일청에 찍어 먹으니 별미 중에 별미다. 이제 건강한 후식까지 맛봤으니 더 바랄게 무엇일까?

오늘은 달콤한 포도맛으로 시작해 멋진 호수와 박두진 시인의 자취를 감상한 후 건강한 빙수까지 즐기고 돌아왔다. 머리끝부터 발끝까지 행복한 자전거 여행이다. 남은 거리는 약 5킬로미터. 나는 아까 읽었던 시구절을 읊조리며 신나게 자전거 페달을 돌렸다.

양평 물소리길 그리고 초록 샤워

태풍이 오기 전 서울의 새벽하늘은 황홀 그 자체다. 눈을 떼지 못하고 한참을 바라보게 된다.

"해님, 멋진 새벽을 열어줘서 고마워요."

우중 라이딩에 익숙한 나는 폭우가 쏟아진다는 일기예보에도 크게 동요하지 않는다. 오늘도 역시 엄청난 폭우가 쏟아진다는 예보가 있는 날이지만 하늘을 보며 달릴 생각에 설렐 뿐이다. 하지만 자전거로 빗길을 달릴 때는 늘 조심해야 한다. 나는 안전하게 다녀오겠다고 다짐하며 집을 나섰다.

비가 오는데도 양평 오일장 입구 노점에는 아침부터 옥수수 삶는 냄새가 가득했다. 뜨거운 물에 삶아지는 옥수수를 보고 있으니 절로 입안에 군침이 돈다. 판초를 차려입은 일행들과 나는 함께 옥수수를 입에 물고 하모니카를 불기 시작했다. 빗소리와 협연하는 옥수수 하모니카 연주에 웃음이 절로 났다.

'물소리길'은 남한강과 북한강의 맑은 물소리와 자연의 소리가 어우러진 길이다. 오늘은 드라이브 코스로도 유명한 4코스와 5코스를 달릴 예정이다. 양평에서 시작해 원덕역을 경유해 용문역까지 간다. 비가 내리지 않았다면 상쾌한 강바람을 맞으며 신나게 달릴 수 있을 텐데. 장대비는 무섭게 쏟아지는가 싶더니 출발하고 나서 30분도 되지 않아 거짓말처럼 그쳤다. 잔뜩 겁을 줬던 일기예보가 무색했다. 신기하게도 내가 속한 자전거 동호회는 늘 전원 참석이다. 일기예보만으로 라이딩 약속이 취소된 적은 한 번도 없다. 정말 나와 궁합이 잘 맞는 모임이다. 무엇을 하느냐도 중요하지만 누구와 함께 하느냐도 중요하다는 걸 배웠다. 고여 있던 물웅덩이는 우리가 지날 때마다 모습을 비춰주었다. 멜로드라마의 한 장면 같다. 반영이 있는 시골길은 참 아름답다. 나와는 이미 구면인 남한강 자전거길을 달리고 있으니 옛 친구를 찾아온 것처럼 반갑다. 물안개로 뒤덮인 남한강과 비를 맞아 더욱 싱그러워진 초록빛 세상이 잘 어우러졌다 집에만 묶여 있어 답답했던 일상에 이제야 숨통이 트인다. 판초를 벗으니 페달 돌리는 발걸음도 한결 수월하다. 곁에 흐르는 남한강의 맑은 물소리가 달리는 내내 귓가를 맴돌았다.

물소리길 4코스 중간쯤 흑천으로 방향을 틀었다. 자그마한 빵집 앞에 자전거를 세웠다. 「빵빵해요」, 그 옆에 「찌깐한 커피숍」. 이름이 심상치 않다. 우리는 야외 테이블에서 남한강 물소리를 들으며 다양한 빵을 맛보았다. 이름답게 빵도 커피도 맛있었다. 나름 품위 유지를 해야 하는 사람들인데 자연 속으로만 들어오면 소풍 온 학생들 마냥 유쾌하고 왁자지껄해진다. 그들과 섞여 있으면 나도 엔도르핀이 마구 증가한다. 다시 물길을 따라가는 여정이 시작되었다. 이름만큼 예쁜 물소리길은 봄이 되면 어김없이 벚꽃 터널을 만든다. 꽃비 맞는 상상을 하며 벚나무가 나란히 늘어선 길을 달린다. 열심히 페달을 굴리자 비 갠 후 바람이 살랑살랑 불어와 나를 감싸준다. 초록 샤워 시간은 끝날 줄 모르고 한동안 이어졌다.

"안녕하세요?"

마을 어귀로 들어서 지나가는 동네 분들에게 인사를 건넸다. 서로 인사를 주고받는 것만으로도 기분이 좋아진다. 여행 가서 만나는 사람들에게 늘 먼저 인사를 건넨다.

별내마을 무인 찻집은 주인과 인연이 생긴 제이크가 추천한 곳이다. 한 번의 만남도 허투루 보내지 않는 그는 평생 만남을 지속하게 만드는 특별한 재주가 있다. 제이크와 인연을 맺은 사람들은 대부분 그의 친구가 된다. 이곳 주인은 귀촌 후 농사를 지으며 여행자들이 부담 없이 쉬어갈 수 있는 무인카페를 운영 중이다. 방금 삶은 감자가 나왔다. 만지기 힘들 정도로 따끈따끈했다. 뽀얀 속살이 드러난 포실한 감자는 설탕을 뿌리지 않았는데도 달달하다. 오직 한약재로만 재배한 감자라 그런지 유독 맛있다. 나는 감자를 세 개나 먹고 혈관에 좋다는 아마란스 차를 마셨다. 이름만큼이나 빛깔

이 곱다. 끝난 줄 알았는데 토마토, 옥수수가 연이어 나온다. 방금 쪄낸 옥수수에서 김이 모락모락 올라왔다.

"어떤 옥수수가 가장 맛있을까요?"

제이크가 무턱대고 퀴즈를 냈다. 적막이 흘렀다.

"방금 딴 옥수수입니다. 바로 이 옥수수."

한바탕 웃음꽃이 피었다. 우리는 함께 달리며 별것 아닌 농담에도 함께 웃는다. 주인장의 텃밭으로 갔다. 그리 넓진 않지만 감자, 옥수수, 토마토, 참외 등 다양한 작물이 싱싱하게 자라고 있었다.

"내가 먹으려고 키우기 시작했는데 작년에 맛본 사람들이 맛있다고 주문을 해서 올해 처음 감자를 판매했습니다."

조금 전에 먹었던 포실한 감자라면 나도 욕심이 났다. 하지만 이젠 사고 싶어도 감자가 없다. 그녀의 완판 실력을 보니 프로 농사꾼이 틀림없다. 내년에도 완판의 신화가 이어지길 바라며 우리는 별내마을을 떠났다.

물소리길로 접어들었다. 이곳은 걷는 길이다 보니 자전거가 갈 수 없는 길도 있다. 그럴 때는 내려서 자전거를 밀며 걷는다. 자전거를 끌고 1킬로미터 정도 걸으니

징검다리가 나왔다. 마치 약속이나 한 듯 우리는 자전
거를 어깨에 메고 황순원 작가의 「소나기」속 징검다리
를 건너듯 한발 한발 옮겨갔다. 우리들의 명랑한 웃음
소리가 흑천을 가득 채우고 있었다. 소풍을 마치고 돌
아오면서 가게 앞으로 작은 천(川)이 흐르는 카페에 들
렀다. 매끄럽게 가꿔놓은 잔디가 세련된 느낌이 풍겼
다. 잠시 쉬면서 라이딩으로 쌓인 피로도 풀고 에너지
도 보충했다. 용문역에 도착하니 먹구름이 온데간데없
다. 눈부시게 파란 하늘 속에서 하얀 구름이 뭉실뭉실
흘러가고 있었다. 집으로 돌아가는 우리들의 마음도 비
갠 하늘처럼 맑아졌다.

서울 — 양평역 — 남한강 자전거길 — 흑천

서울 ← 용문역 — 흑천 — 벌내마을

자전거를 타고 '식도락 여행'을 떠난다. 경의중앙선을 타고 서울을 벗어나 시원한 바람을 가르며 달리다가, 맛있는 것이 있으면 먹고 쉬다가, 다시 달리기를 이어갈 거다. 무심하게 짠 계획은 상황에 따라 마음에 따라 언제든지 얼마든지 바뀔 수 있다.

우리는 다 함께 경의중앙선을 타기 위해 청량리역에 모였다. 출발 전 제이크가 추천하는 해장국집에서 든든하게 아침을 먹고 기차를 탔다. 우리가 탄 전철의 종착역은 덕소였다. 양수역에서 내려 서종리까지 가려던 계획을 급하게 수정해 전철을 갈아타지 않고 덕소부터 자전거로 가자고 의견을 모았다. 덕소에는 유명한 남한 강 자전거길이 있다. 주말이라 엄청난 인파의 라이더들 이 자전거길에 그득했다. 어린이들도 꽤 많았다. 로드바 이크(도로에서 빠른 속력을 낼 수 있도록 제작된 자전거)를 타는 사람들이 안전을 위해 소리 지르며 지나갈 때가 있는데 그때마 다 깜짝 놀라곤 한다. 그들은 위험하니까 비키라는 신 호라지만 질주하는 자신들의 앞을 가로막지 말라는 경 고 같다. 안전하기는커녕 더 위협적으로 다가온다. 고즈 넉하고 평화로운 자전거길을 바라는 나로선 평일 라이 딩이 그립다. 덕소역에서 한강 자전거길을 타고 팔당대 교를 지나 조금 더 가면 팔당역 근처에 「빵도사의 집」 이란 뜻을 가진 빵집이 있다. 지날 때마다 늘어선 줄이 궁금했는데 드디어 오늘 맛을 보게 되었다. 이 집의 베 스트는 맘모스빵. 하지만 이미 판매 완료란다. 아쉬운 맘을 뒤로하고 찐빵부터 곰보빵, 옥수수빵, 도넛 등을 사서 나눠먹었다. 종류가 다양해 골라 먹는 재미도 쏠 쏠했다. 가격도 맛도 모두 훌륭했다. 다음 코스는 능내 역 근처 언덕에 있는 「돌미나리 집」이다. 앉자마자 기본

찬이 나왔다. 싱싱한 돌미나리를 눈 깜짝할 새 두 그릇이나 해치웠다. 제철 재료가 풍성하게 들어간 돌미나리전이 특히 맛있었다.

양수역에서 문호리로 가는 길은 위험하다. 자전거 전용도로가 없고 차로 옆 갓길을 따라가야 하기 때문이다. 마을길로 들어설 때까지 경계를 늦추면 안 된다. 벚꽃이 다 떨어져 아쉬워하는 우리 마음을 알았는지 화려한 배꽃이 나뭇가지가 힘겨울 정도로 그득 피어있었다. 우리는 너 나 할 것 없이 자전거를 세워놓고 각자 작가가 되어 창작 삼매경에 빠졌다. 주말마다 열리는 문호리의 리버마켓은 코로나로 인해 당분간 문을 열지 않는다고 한다. 리버마켓이 열렸던 강가에는 가족이나 연인들이 함께 맛있는 음식을 준비하며 휴일을 즐기고 있었다. 옆 비닐하우스에는 보기만 해도 군침이 도는 딸기가 자라나고 있었다. 빨갛게 잘 익은 딸기를 크게 베어 물었다. 딸기 아이스크림처럼 입에서 살살 녹는다. '손이 가요, 손이 가. 딸기에 손이 가요.' 나도 모르게 광고 속 노랫말을 흥얼거렸다. 바구니 바닥이 보일 때까지 먹고 또 먹은 우리는 벚꽃 그늘 밑에 자리를 잡고 앉아 흘러가는 강물을 바라보았다. 세상이 멈춘 듯 고요했다. 이곳도 나의 즐겨찾기에 추가해뒀다가 나중에 주란이랑 같이 와야지. 나는 쉬어가고 싶을 때 언제든 쉬어갈 수 있는 자전거 여행이 좋다.

우리는 서종리 카페촌으로 향했다. 번화가가 되기 훨씬 전부터 한 달에 두어 번은 꼭 들렀던 동네다. 서종리에서 바라보는 남한강은 참 예쁘다. 제이크의 단골 카페는 규모가 매우 컸다. 학교 운동장 스탠드 같은 느낌이랄까. 인테리어도 멋지고 커피 맛도 훌륭하지만 교외에서까지 번호표를 뽑아 진동벨을 들고 기다렸다가 커피를 마시고 싶지 않았다. 우리는 서울에서 내려와 이곳에 정착해 사는 윤일이 추천한 아담하고 사람 냄새나는 카페로 자리를 옮겼다. 음악을 하는 주인장의 카페 한편에는 피아노가 자리하고 있었다. 음악 관련 소품들도 즐비했다. 넓은 창을 통해 카페 옆 작은 꽃밭도 볼 수 있었다. 머무를수록 정겨운 곳이었다. 배가 불러 먹지 못한 와플이 아쉽다.

서울에 도착하면 너무 늦을 것 같아 우리는 양수역 근처 칼국숫집으로 향했다. 면을 직접 반죽해서 만든다는 가게는 테이블이 네 개 정도 놓인 아담한 식당이었다. 눈빛이 선해 보이는 중년 부부가 우리를 맞이했다. 메뉴판을 훑다가 콩국수가 눈에 들어왔다. 앗, 팥칼국수도 있네! 뭘 먹지? 갑자기 선택 장애에 빠졌다. 결국 우리는 종류별로 음식을 주문해서 나눠먹기로 했다. 유독 팥을 좋아하는 나는 팥 관련 음식에 꽤 까탈을 부리는 편인데 이곳 팥칼국수는 완전 내 취향이다. 골라 먹는, 나눠 먹는 재미가 있는 즐거운 저녁이었다. 오늘은 달리는 것만으로 행복한 사람들과 먹는 즐거움에 푹 빠진 날이다. 도대체 오늘 얼마를 먹은 거야?

자전거 도시, 상주를 찾아서

복잡한 서울을 잠시 벗어나고 싶었다. 시원한 바람을 쐬며 종일 자전거를 타고 싶었다. 주란이와 나는 낙동강 자전거 종주도 시작할 겸 경북 상주로 목적지를 정했다. 순전히 '자전거의 도시'라는 이름이 마음에 들었기 때문이다. 상주는 예로부터 삼백(三白)의 고장이라 하여 쌀, 누에, 곶감이 유명하다. 특히 곶감은 전국 생산량의 60%가 상주에서 생산된다. 그런데 자전거의 도시라는 별칭을 가지게 된 이유가 뭘까. 자전거를 좋아하는 나로서 궁금할 수밖에. 궁금한 건 못 참는 나로서

당장 찾아가는 수밖에. 당일치기로도 충분하니 좋지 아니한가. 간 김에 시원한 바람맞으며 달리다가 보너스로 상주 청풍교 인증센터와 상주보 인증센터로 가서 도장까지 찍어야지. 두 곳의 거리를 계산하니 대략 25킬로미터다. 달리는 동안 이곳저곳 둘러보는 거리까지 고려하면 약 30킬로미터. 지방으로 자전거 여행을 가면 아쉬울 때가 있는데 바로 라이딩 거리가 짧을 때다. 소도시 라이딩을 즐기는 나로선 오가는 동안 자전거보다 버스나 기차에서 더 많은 시간을 보내면 너무 속상하다.

아침 바람을 맞으며 달리는 낙동강 종주 길이 상쾌하다. 길옆에는 아침 햇살을 받은 금계국이 온 세상을 노랑으로 물들이며 우리가 지날 때마다 환히 웃어주었다. 상주 상풍교 인증 센터에 들렀다가 상풍교를 건너 경천대를 향해 힘차게 페달을 돌렸다. 분명 같은 강을 따라 달리는데 강 건너편 길과 이쪽 길이 완전히 다른 느낌이다. 삶이 지루하다 싶을 때도 지금처럼 다른 길로 돌아올 수 있었으면 좋겠다. 낙동강 물길 중에서 가장 아름다운 낙동강 제1경인 경천대에 들어섰다. 경천대 국민관광지로 가는 길은 오르막길이다. 평지만 내내 달리다가 업힐을 하려니 호흡이 가빠진다. 가끔 업힐을 해줘야 허벅지 근육이 부풀어 오르면서 단단해지는 희열을 느끼는데 지금이 그때다. 나는 쉬지 않고 있는 힘껏 페달을 밟았다. 어느새 조각 공원에 도착했다. 나무 조각들이 작은 공원을 꽉 채우고 있었다. 해학 넘치는 나무 조각들이 재미있어 나는 자전거를 세우고 구경하기로 했다. 길손 작가가 나무 조각들로 표현한 얼굴 표정은 어쩜 그리 익살스러운지 나도 모르게 웃음이 터졌다. 경천대 전망대에 다다르니 초록 들판과 굽이쳐 흐르는 낙동강이 기암절벽과 어우러져 장관을 만들어 내고 있었다. 우리는 아름다운 낙동강 상류의 조망을 한참 동안 즐겼다.

우리나라에 자전거가 언제 들어왔는지는 정확하지 않지만 개화기 즈음이다. 1896년 고희성이 자전거를 타고 장안 거리를 돌아다닌 것이 처음이라고도 하고, 서재필 박사가 독립문 신축현장에서 탄 것이 처음이라고도 한다. 처음 자전거를 본 사람들은 바퀴 두 개로 달리는 물건이 이상해 '괴물차', '나는새', '축지차'라는 별명을 지었다고 한다. 가장 재미있는 별명은 '축지차'. 자동차가 들어오기 이전이었으니 얼마나 놀라웠을까? 축지법말고는 설명하기 어려웠을 것이다. 우리나라 최초의 자전거 박물관인 '상주 자전거 박물관'에 들어서니 가장 먼저 상주의 자전거 역사가 한눈에 펼쳐졌다. 상주가 자전거의 메카가 된 이유는 자전거계의 전설적인 인물 엄복동과 상주 출신 박상헌이 일본 선수들을 물리치고 우승을 차지한 <조선 8도 전국 자전거대회>를 개최했기 때문이다. 자전거 보급대수가 6만여 대로 한 가구당 1대가 넘는 자전거를 보유하고 있으니 자전거의 도시답다. 박물관에는 다양한 자전거가 전시되어 있었다. 그중 엄복동 선수가 탔던 자전거 모양은 지금 우리가 타는 자전거와 크게 다르지 않아서 놀랐다. 얇은 바퀴나 핸들이 어쩜 그리도 매끈하게 잘 빠졌는지 보자마자 사랑에 빠졌다. 전혀 몰랐던 우리나라 자전거 역사를 알게 되었다. 라이더라면 한 번쯤 방문해보길 권하고 싶다. 상주가 왜 자전거의 도시인지 궁금증도 풀었으니 이제 신나게 달려볼까.

4대강 사업으로 상주보와 낙단보를 건설한 후 거대한 인공 호수가 생겼다. 그 인공 호수로 인해 뭍이었던 곳이 초승달 모양의 작은 섬으로 환생을 했다. 그 섬이 바로 경천섬이다. 경천섬은 낙동강 상류인 사벌과 중동에 자리 잡고 있다. 작은 공원으로 꾸며진 경천섬은 곳곳에 정자와 벤치가 있고 산책로도 잘 정비되어 있다. 자전거 통행도 가능하다. '학 전망대'와 '청룡사 전망대'로 올라가면 경천섬의 멋진 조망을 더 즐길 수 있지만 시간에 쫓겨 공원과 수상 탐방로만 둘러보고 아쉬운 발길을 돌렸다. 낙동강 경천섬과 회상 나루를 연결한 낙강교도 자전거 통행이 가능했다. 낙강교는 길이 345미터로 국내에 있는 현수교 중 가장 길다. 경천섬에서 출발해 낙강교, 수상탐방로, 상주보, 도남서원까지는 라이딩이 가능하지만 수상 탐방로에서 상주보로 이어지는 비봉산 자락에는 250개의 계단이 있어 아무리 체력이 좋아도 자전거를 메고 계단을 오르기엔 역부족이다. 나는 다리를 건너 수상 탐방로로 가기 전 드라마 <상도>의 촬영지 회상나루도 둘러보았다. 객주촌, 주막촌 등 옛 모습을 잘 재현해 놓았다. 폰툰(pontoon)으로 만들어진 수상 탐방로는 낙동강 물에 떠 있는 산책로다. 폰툰은 목재, 강철재, 또는 철근콘크리트로 만든 구조

물로 부력을 발생시켜 구조물 위의 건축물 등을 떠받
칠 수 있어서 육지 사이를 연결할 때 주로 사용한다.
경천섬 수상 탐방로는 길이 975미터로 걸으면 15분 정
도 걸린다. 자전거를 타고 건너니 마치 물 위를 달리는
느낌이 들었다. 자전거를 수상스키처럼 생각하고 페달
을 돌리니 너무 재미있어서 나는 아이처럼 몇 번을 왔
다 갔다 했다. 물 위에 떠 있는 부교인데도 전혀 움직
임을 느낄 수 없었다. 이런 멋진 느낌을 동영상으로 남
기고 싶어 주란이를 주연배우로 발탁해 최대한 천천히
페달링을 하라고 주문했다. 연출의 요구사항을 잘 알아

들은 그녀 덕분에 영화는 아주 잘 만들어졌다. 탐방로 곳곳에 있는 포토 포인트에서 사진도 찍었다.

상주는 단순히 '곶감' 하면 떠오르는 도시였는데 오늘 새로 발견한 것들이 많다. 낙동강과 어우러진 자연의 모습이 아름답게 자리 잡았다. 상주에서의 자전거 여행은 한동안 내 곁에 머물 것 같다.

가을 품은 부산의 여름 휴가

평범했던 일상이 더욱 소중해지는 요즘, 장마가 지나고 한여름 불볕더위가 시작되었다. 불쾌지수는 그야말로 최고점을 향하고 있다. 나의 몸과 마음이 더 지치기 전에 어서 달래줘야지. 그래, 올여름은 바다다. 때마침 부산 송도에 '용궁구름다리'가 새로 문을 열었다는 소식이 들려왔다. 1호 공설 해수욕장인 송도를 비롯해 해운대, 광안리 등 해수욕장이 차고 넘치는 부산 말고 더 많은 바다를 볼 수 있는 곳이 또 있을까.

나는 기승을 부리는 무더위를 뚫고 자전거와 함께

여행을 떠났나. 기차는 버스나 자가용과는 비교할 수 없는 그만의 매력이 있다. 대학 시절, 부산까지 가려면 열 시간은 족히 기차를 타야 했지만 전혀 지루하지 않았다. 하물며 지금은 두 시간 반이면 충분하다. 세상이 발전해 기차 시간은 줄었지만 레일 위를 달리는 기차에 앉아 스치는 창밖의 풍경들을 바라볼 때의 여유와 설렘은 변함이 없다. 올해는 기차여행이 아니라 '기차와 자전거 여행'이다. 오랜만에 별다른 계획 없이 주머니도, 마음도 가볍게 떠나기로 했다. 드디어 부산으로 향하는 날 아침. 밤새 쏟아졌던 비가 그치고 하늘이 맑다. 여행을 떠나는 나의 발걸음도 새털같이 가볍다. 가슴 가득 설렘을 안고 아침 첫 기차에 몸을 실었다.

제일 먼저 한국 전쟁 이후 치열한 삶의 현장이었던 부산 동구로 향했다. 부산 라이더들에게 사랑받는 코스인 산복 도로를 거쳐 근대사의 흔적이 남아있는 마을 중 한 곳인 호천마을로 향했다. '호천 문화 플랫폼'이라는 멋진 명칭을 달고 있는 이곳은 드라마 촬영지로도 유명하다. 젊은 남녀 주인공이 앉아서 이야기 나누었던 산동네를 드라마에서 본 적이 있다. 올라가는 길이 북악 스카이웨이와는 비교 불가할 정도로 급경사다. 구불구불한 길 옆으로 달리는데 커다란 버스가 바로 내 옆을 지나갔다. 순간 버스가 너무 위협적으로 느껴졌다. 호천마을을 자전거로 올라가는 것은 순전히 나와의 싸움이었다. 길가에 앉아 있는 동네 어른들이 이른 시간부터 자전거를 타고 이동하는 내 모습을 예사롭지 않게 바라본다. 내가 "안녕하세요?" 하고 큰소리로 인사하니 다들 화들짝 놀란다. 힙겹게 도착한 호천마을에서 바라보는 부산의 조망은 시쳇말로 장난 아니었다. 산 경사면에 촘촘하게 들어선 집들이 한 장의 그림엽서처럼 아름답다. 세트장이 아닌 실제 집과 건물들에서 촬영이 이루어져 드라마에 나왔던 180계단, 벽화거리, 어슬렁 미술관, 카페 끄티, 남일바 모두 그대로 남아있었다. 지척에 모여 있어 돌아보기도 수월했다.

이번엔 반드시 씨앗호떡을 사수해야 한다. 안 그래도 좋아하는 호떡인데다 각종 씨앗을 흑설탕과 버무려 특별하다. 기름에 지글지글 굽는 모양새를 보니 기름기가 엄청날 것 같지만 막상 베어 물면 바삭하고 자꾸만 먹고 싶어지는 맛이다. 십여 년 전 부산에서 먹어본

후 이곳에 올 때마다 들르곤 한다. 역시 한참을 기다려야 주문이 가능했다. 기름에서 튀겨진 호떡 가운데를 가위로 툭 잘라 주는데 고소한 견과류가 꽉 들어차 있다. 호떡만으로는 부족한 식탐을 달래기 위해 나는 깡통시장 유부주머니와 물떡을 먹으러 갔다. 깡통시장은 조선 시대 일제강점기 상인들이 자발적으로 모여 형성되었다. 한국 전쟁 중에도 명맥을 유지했던 전국 최초의 야시장이다. 서울 남대문 도깨비 상가와 거의 유사한 형태의 가게들이 각종 외국 물건들을 판매하고 있다. 단단히 눈 단속을 하지 않으면 '지름신'이 강림하는 사태가 벌어질 수 있다. 물떡은 부산에서만 먹을 수 있는 아주 특별한 가래떡인데 어묵 막대에 꽂은 가래떡을 어묵 국물에 넣은 것이다. 육수가 밴 떡은 짭짤하고 쫄깃하다. 부드러운 유부주머니와 환상의 궁합이다. 단돈 5,500원의 행복이여. 이곳도 나의 참새방앗간이 되었다.

영도대교를 건너 남항대교 끝자락에 있는 '브릿지 수변테마공원'에 다다르니 우측은 절영해안산책로다. 멋진 해안가 절벽과 바다를 함께 즐길 수 있는 곳이다.

자전거를 탄 채 절벽을 끼고돌면서 바다 내음을 맡을 수 있으니 이처럼 낭만적인 라이딩 코스가 또 있을까? 절영해안산책로 앞바다에는 수많은 배들이 서 있었다. 이곳은 배들의 주차장인 '묘박지'다. 부산을 경유하는 배들이 수리나 급유를 위해 잠시 머무른다. 절영산책로 계단을 오르면 흰여울문화마을이 나타난다. 지난번에는 자전거를 메고 계단을 올랐지만 이번에는 산책로를 따라 편안하게 달렸다. 비가 오락가락해서 사람들도 많지 않은 데다 바람까지 시원하게 불어주니 좋지 아니한가! 산책로 끝에는 알록달록 피아노 계단과 흰여울 터널이 있다. TV 예능에서 사진 찍기 좋은 곳이라고 소개해서인지 터널 입구엔 사진을 찍기 위한 줄이 꽤 길었다. 사람들은 긴 줄에도 아랑곳 않고 수십 장씩 사진을 찍었다. 산책로를 벗어나 남항대교를 건너 우회전을 했다. 조금 더 달리니 동양의 나폴리라 불리는 송도해수욕장이 나왔다. 1970년대까지 큰 인기를 누렸던 해수욕장에 들러 구름 산책로를 걷고 있으니 마치 바다 위를 걷는 것 같은 착각이 든다. 그리 길지는 않지만 출렁거리는 바다가 훤히 들여다보이는 스카이워크가 있어 짜릿함을 더한다. 머리 위로 지나는 케이블카가 손에 잡힐 것만 같다. 다음에 오면 꼭 케이블카를 타고 부산 바다를 가슴에 안아봐야겠다.

송도의 핫플레이스로 거듭난 '송도 용궁구름다리'를 보러 암남공원으로 향했다. 구름다리는 암남공원부터 바다 건너 작은 무인도인 동섬까지 연결되어 있다. 새로 만든 다리는 아니고 18년 만에 재개장한 것이다. 길이 127.1미터, 폭 2미터 현수교다. 바람이 불 때마다 다리가 함께 흔들리니 스릴 만점이다. 한여름 더위가 자연스레 사라졌다. 바다 위에 떠 있는 다리 위에서 발아래 부서지는 파도와 기암절벽이 드러난 풍경을 보니 신비스러웠다. 암남공원에는 해안을 낀 울창한 숲길도 있다. 파도 소리 들으며 걸으면 또 다른 송도의 매력을 느낄 수 있다.

이제 부산 여행의 끝자락이다. 기차 시간까지 아직 세 시간이나 남았지만 여행의 피곤함은 이곳 송도에 모두 두고 가야 한다. 여행에서 일상으로 돌아가기 위해선 잠시 쉼이 필요하기 때문이다. 돌아가는 차 시간이 넉넉하니 오늘 하루의 여행이 더 즐겁게 느껴졌다. 내 마음이 전해져서일까? 송도의 파도도 한결 부드럽게 보였다. 바다가 마주하는 벤치에 앉았는데 갑자기 비가 쏟아졌다. 바다에 떨어지는 빗소리가 오케스트라의 젓가락 행진곡처럼 경쾌하다. 나는 오케스트라 연주가 끝날 때까지 그대로 경청하며 꿈쩍도 하지 않았다. 곧이어 짙은 회색 구름이 떠나고 그 자리를 파란 하늘이 대신했다. 한여름 더위가 한풀 꺾였는지 바람이 시원해졌다. 더위로 지친 몸과 마음이 어느덧 가벼운 날갯짓을 한다. 한동안 부산 송도의 바다 내음이 내 곁에 머물 것이다. 짧고 가벼운 일탈의 시간을 마치고 집으로 향하는 나의 마음에 가을이 성큼 다가와 있었다.

서울 · 🚆 부산역 🚲 흰전마을 🚲 부산 국제시장 🚲 광통시장

서울 ◀ 🚆 부산역 🚲 송도 해수욕장 🚲 절영 해안산책로 🚲 남항대교

남한강에 반하다

'봄이 가기 전에 꼭 같이 가야 하는데.'

주란이는 이야기를 꺼내자마자 흔쾌히 좋다고 했다. 떡 본 김에 제사 지낸다고 우리는 다음 주 월요일로 라이딩 날짜까지 못 박았다. 이번 자전거 코스는 여주역부터 팔당대교까지다. 예상 거리는 70킬로미터 전후. 자전거를 타고 일본까지 다녀온 우리인데 이쯤은 문제없다.

어느 도시나 자전걸길 진입은 힘들다. 산티아고 순례길에서도 도시로 들어서면서 갑자기 순례길을 표시하는 화살표가 사라져 종종 애를 먹곤 했다. 오늘은 무사히 여주역에서 한강 자전거길 진입에 성공했다. 제일 어려운 과제를 해결했으니 이제 본격적으로 즐겨볼까? 여주보로 가는 길에 '양섬'이란 글자가 내 시선을 잡아끌었다. 섬이란 단어에 호기심이 발동했다. 자전거길을 벗어나 자그마한 천을 따라 달렸다. 둑길엔 개나리가 만발해 있었다. 오래전에 섬이었던 양섬은 지금은 다리가 연결되어 육지가 되었다. 섬이라고 부르기엔 민망할 만큼 아주 자그마한 곳이었다. 살짝 허탈했지만 어차피 이곳까지 이끌려 왔으니 섬을 둘러보고 가기로 했다. 크기는 작아도 야구장 등의 체육시설은 물론 섬을 한 바퀴 돌 수 있는 산책길도 갖추고 있었다. 이른 아침부터 부산을 떨어선지 좀 쉬었다 가면 좋으련만 볕을 피할 수 있는 곳이 없어 아쉽게 발길을 돌렸다.

우리는 이포교 전망대를 한 바퀴 휘돌고 나서 천서리로 향했다. 천서리 막국수가 유명하다는 것은 다 아는 사실이다. 메밀로 만든 막국수는 여름철 대표 보양음식 중 하나다. 라이딩하느라 흘린 땀을 보충하고 더워진 몸도 식혀주는데 이만한 음식이 또 있을까. 더 중요한 것은 함께 간 주란이 국수 애호가라는 것이다. 점심시간이 훌쩍 지났는데도 식당에는 손님들이 꽤 많았다. 우리는 비빔막국수 곱빼기와 물막국수를 주문했다. 국수는 고소하고 담백했다. 보통으로 먹어도 숨이 찰 만큼 버거운 양인데 그녀는 곱빼기를 뚝딱 해치웠다. 국수는 소화가 잘 된다나. 역시 국수 요리의 열혈 팬답다. 막국수를 맛보며 황홀해하는 그녀를 보며 나는 큰 소리로 웃었다. 우리는 숨겨진 복병이 기다리고 있을 거란 사실을 알지 못한 채 천서리부터 바람을 가르며 개군레포츠공원을 신나게 달렸다. 엄청난 경사의 언덕이 우리를 맞이했다.

'어서 와, 이런 경사는 처음이지?'

비상이다. 중급 이상의 업힐 구간이 나타났다. 하지만 내가 누구인가. 둘째가라면 서러울 단단한 허벅지의 소유자 아닌가.

'영미야, 힘내.'

맘속으로 나를 응원하며 욕심내지 않고 침착하게 묵직한 페달을 돌리기 시작했다. 언젠가 정상에 도착하겠지. 중간에 정지하지 않고 정상까지 오른 나는 자신감을 뿜어내며 그녀를 기다렸다. 주변을 둘러보니 '후미개고개'라는 이름의 버스 정류장이 보였다. 앗, 이곳이 바로 남한강 최고의 업힐 구간이라고 소문난 후미개고 개란 말인가! 이곳으로 말할 것 같으면 경사도 약 10%, 코스 길이 약 500미터로 수많은 라이더들이 완주를 다 짐하면서도 끝끝내 끌바를 할 수밖에 없는 힘겨운 구 간이다. 단단한 허벅지 덕분에 나는 무정차로 단숨에 오를 수 있었다. 뿌듯해진 나는 양팔로 어깨를 감싼 채 특급 칭찬을 해주었다. 한참 후, 그녀가 자전거를 끌면 서 올라왔다. 주란이는 중간지점부터 자전거를 끌고 올 라왔다고 했다. '너무 힘들어'라고 말하며 밝게 웃는다. 그녀가 드디어 자전거의 매력에 푹 빠졌음을 실감했다. 이젠 신나게 내려갈 일만 남았다. 하지만 지난날의 사 고를 떠올리며 조심스럽게 페달을 돌렸다.

후미개고개를 내려와 양평 방향으로 달리는데 강 건 너에 멋진 벚꽃길이 펼쳐졌다. 주란이와 나는 누가 먼 저랄 것도 없이 그곳으로 향했다. 아직 만개 전이었지 만 길은 깨끗하고 한적했다. 우리는 사춘기 소녀들처럼 동영상 촬영도 하고 함께 사진도 찍으며 시간을 보냈 다. 이곳은 내가 오래전부터 걷고 싶다고 찜해 뒀던 물소리길 4코스인 '버드나무나루께길'이었다.

현덕교를 따라 약 8킬로미터를 달린 후 우리는 그만 오빈역 근처에서 자전거도로를 놓치고 말았다. 할 수 없이 약 2킬로미터 정도 국도를 타게 됐는데 차들이 어찌나 무섭게 내달리던지 간담이 서늘했다. 그녀도 겁을 집어먹었다. 분명 지도상에는 바로 옆이 자전거도로라고 했는데 도대체 진입로가 어디람. 다행히도 근처에서 목공일을 하던 사람들의 안내로 우리는 다시 자전거길로 들어설 수 있었다. '물소리길' 리본이 반가웠다. 여기서부터 능내역까지는 일명 '감성 라이딩' 코스다. 이미 폐선이 되어버린 경춘선 철로를 따라가는 낭만의 자전거길이 펼쳐지기 때문이다. 가곡 터널로 들어서기 직전 남한강을 바라보니 한 폭의 수묵화가 따로 없다. 그냥 돌아서긴 너무 아쉬워 가방에서 카메라를 꺼내 들었다. 종일 한 번도 사용하지 않아 무게만 차지했던 DSLR 카메라가 빛을 발하는 순간이다. 찰칵찰칵. 마음에 드는 곳을 사진으로 담는 일이 즐거운 나는 또 나만의 세계에 빠져버렸다. 뒤통수가 찌릿했다. 어서 끝나기를 기다리는 주란이 나를 주시하고 있다. 변명일지언정 말을 해야만 했다.

"곧 어두워져서 앞으로 카메라 쓸 일은 없을 거야."

나는 연신 셔터를 누르며 호언장담 했다.

"과연 그럴까?"

그녀가 의심의 눈초리로 나를 바라본다. 지루한 기다림을 알기에 나는 가벼운 웃음으로 때울 수밖에.

"하하하"

가곡터널, 국수역, 신원역 그리고 양수역을 지났다. 날이 조금씩 어두워지고 있었다. 내가 좋아하는 두물머리

근처에 다다르자 매혹적인 풍경이 나를 사로잡았다. 나는 그녀가 도착하지 않은 틈을 타 재빨리 카메라를 꺼내 나를 유혹하는 자연을 담아냈다. 해가 서산 저편으로 기울고 산기슭이 붉은빛으로 물들 때쯤 양수철교에 도착했다. 밤이 되니 지나는 사람도 거의 없다. 주란이 라디오를 틀었다. 잔잔한 음악이 어둠을 타고 퍼져갔다. 순간 우리가 지나온 모든 길이 노천카페로 변했다. 디제이가 있던 추억의 음악다방 풍경이 떠오른다. 매일 꿈으로 가득 채웠던 시절. 그때는 내가 이렇게 나이 많은 아줌마가 되리라고 상상도 안 했겠지. 만약 그때의 내가 지금 내 모습을 본다면 행복하게 잘 늙어가고 있다고 좋아하려나. 내가 지금의 내 모습을 사랑하는 것처럼.

팔당대교를 건너고 미사리를 지나 힘겨운 암사고개마저 가뿐히 넘은 후 잠실대교로 들어섰다. 주란과 내가 헤어져야 할 시간이다. 종일 페달을 돌려 피곤했을 텐데 그녀는 출발할 때보다 더 밝고 에너지 넘친다. 자전거 여행의 효과인가. 밝아진 그녀만큼 우리의 우정도 백년해로 더욱 단단해지길. 새벽부터 밤늦게까지 길 위에서 보냈지만 오늘은 전혀 피곤하지 않다. 아무래도 그녀와 함께 하는 라이딩은 피로회복에 좋은 묘약이 숨어있나 보다.

공연이 끝났다.
우리는 사람들이 주차장에서 자신의 차를 찾는 수고를 하며 차례를 기다리는 동안
자전거를 타고 차 들 사이를 유유히 빠져나왔다.
'그래 이 맛이야.'
집을 향해 달리는데 오늘 감상한 중창단의 합창이 바람에 실려 왔다.
페달 선율에 맞춰 아름다운 하모니가 들리는 듯했다.
-공연장 갈 때도 자전거 타고 가지요 중에서-

영미의 에너지는 어디에서 오는가

우리
쓰담쓰담 늙어가자

우리 지금처럼 웃고살자
쓰담쓰담 같이 늙어가자

"연인처럼 보여요."

"자매인 줄 알았어요."

"쌍둥이 같아요."

우리를 처음 본 사람들은 대부분 이렇게 말한다. 하지만 우리를 조금이라도 아는 사람들은 되묻는다.

"어쩜 그렇게 달라요?"

"너무 다른데 어떻게 친해요?"

사람들은 우리가 어떻게 다른지 흉내까지 낸다. 그 모습을 본 주란과 나는 폭소를 터트리곤 한다. 우리는 상대방 전화 목소리만으로도 현재 기분을 알아챌 수 있다. 전생에 무슨 인연이 있던 걸까? 늘 활기차고 의욕 넘치는 주란이는 나와 정반대다. 나는 친구의 그런 모습이 가장 마음에 든다. 하지만 요즘 그녀는 자주 우울한 모습을 내비치며 의기소침해졌다. 예전의 주란이는 어디로 간 걸까. 본래 모습을 되찾아주고 싶다. 그녀의 쾌활한 웃음소리를 다시 듣고 싶다. 하지만 함께 한 일본 여행 내내 우리는 다투기만 했다. 열두 밤을 보내는 동안 나의 진심을 몰라주는 주란이가 서운하기만 했다.

"그냥 다 귀찮아. 사는 게 재미없어."

그녀의 무미건조한 삶을 보며 '조금 더 참을걸', '조금 더 기다렸어야 했는데' 하는 후회가 밀려왔다. 여행을 다녀와도 그녀는 나아지지 않았다. 눈뜨니 일어나고 일하다가 밤이 됐으니 잠을 청하는, 아무 의욕도 없이 책임감만으로 버텨내야 하는 시간의 무게. 나도 한때 견딜 수 없는 삶에 짓눌리면서도 아프다는 말조차 사치라고 생각한 적이 있었다. 웃음기 사라진 얼굴로 살아내야만 했던 그때는 누군가 내 손을 잡아주길 간절히 바라면서도 쓸데없는 자존심으로 똘똘 뭉쳐 아무에게도 곁을 내주지 않았다. 혼자 꾸역꾸역 길고 어두운 시간을 버텼다. 생각만 해도 먹먹하다. 그녀 마음을 알면서도 나는 얄궂게 타박하고 있었다.

"너 끼니 걱정해 본 적 있어? 사는 게 재미없다는 말을 그리 쉽게 해? 난 어려운 시간을 다 보낸 지금이 정말 감사하고 행복한데?"

그녀가 미안한 표정으로 나를 바라본다. 그 표정은 내가 비집고 들어갈 틈을 허락했다는 뜻이다. 역시 그녀는 나보다 현명하다. 우리는 휴일에 맞춰 전주, 부산, 목포, 안동으로 되도록 멀리, 아주 멀리 자전거 여행을 다녔다. 차츰 그녀는 밝은 햇살에 다시 미소를 보였고, 꽃들 틈에 안겨 함박웃음을 지었다. 푸릇푸릇한 초록의 대지를 바라보며 큰 소리로 웃었다. 자연 속에서 그녀의 몸과 마음이 다시 되살아나는 걸 느낄 수 있었다. 그렇게 9개월의 시간이 흘렀다.

어느 날, 그녀가 9개월 전 자신의 사진을 보여주며 말했다.

"그때 내 표정이 이랬구나. 불만스러운 얼굴하고는."

생글생글 웃으며 지난날의 자신을 들여다보고 있는

친구를 보며 말했다.

"네가 웃는 모습이 얼마나 예쁜 줄 알아?"

주란이는 금세 숨이 넘어갈 것처럼 깔깔거리더니 진심 어린 표정으로 말했다.

"너랑 같이 자전거 타고 다니면서 많이 달라졌어. 정말 고마워."

그녀는 진심으로 고마워했다. 나의 진심이 친구에게 전해졌으니 이것으로 되었다. 내 친구 주란이는 어떤 시간도 잘 극복해내리란 믿음이 생겼다. 나도 모르게 눈물이 맺혔다. 나이 들어가면서 서로의 진심을 읽어주는 친구가 곁에 있다는 사실이 얼마나 감사한지 모른다.

"우리 지금처럼 웃고 살자."

"그래, 영미야. 우리 쓰담쓰담 해주면서 같이 늙어가자."

나는 오늘도 내 친구 주란이와 함께 자전거를 타며 행복한 추억을 만들어간다.

서울숲 데이트

쾌청한 토요일 오후, 일본 자전거 여행 이후 오랜만에 주란으로부터 만나자고 연락이 왔다.

미세먼지가 완벽히 사라지지는 않았지만 자전거 타기엔 꽤 괜찮은 날씨다. 약속 시간에 늦을까 싶어 나는 열심히 페달을 돌렸다. 주말이라 그런지 한강엔 사람들이 많았다. 자전거길도 만원이다. 바퀴가 작은 나의 자전거는 아무리 열심히 페달을 돌려도 추월이 쉽지 않다. 부지런히 달린 덕분에 시간에 맞춰 도착했다. 10분 정도 기다리자, 저 멀리서 자전거를 타고 오는 그녀 모습이 보였다.

"오랜만인데 어색하지 않아."

그녀가 자전거에서 내리며 싱글벙글 좋아했다. 일본 여행 내내 매일 수십 킬로미터를 달린 덕분에 자전거 타는 게 익숙해졌나 보다. 하지만 그녀는 내가 꼭 함께 해야 자전거를 타지 혼자 타는 건 부담스러워한다. 혼자서 즐기는 라이딩의 맛도 일품인데. 어쨌든 나와 함께라면 즐겁다는 그녀 덕분에 나도 즐겁다.

"왜 늦었어?"

"일본 다녀와서 접힌 상태로 두었다가 오늘에야 자전거를 펴려고 하니 힌지 클램프 레버가 보이지 않았어."

힌지 클램프 레버는 접이식 자전거의 접히는 부분에 있는 부품인데 수하물로 보낼 때 파손 염려가 있어서 탈거하여 따로 보관한다. 메인 프레임과 핸들바 스템 두 곳에 있다. 약속 시간은 다가오고 힌지 클램프는 보이지 않고 그녀가 얼마나 가슴을 졸였을지 상상이 갔다. 일본까지 다녀왔으니 내친김에 자전거 점검을 받기로 했다.

자전거숍에서 자전거 타이어 공기압, 체인 상태를 점검받았다. 사장님은 안장 높이 조절 서비스까지 해주었다. 다시 안전하고 신나게 자전거 탈 생각을 하니 즐거웠다. 우리는 약속이나 한 듯 자전거 안장 가방에 눈길이 갔다. 디자인도 예쁜 데다 가죽이라서 쓰면 쓸수록 멋진 색이 나올 것 같다. 하지만 물욕은 금지다. 나는 그녀에게 핸들 커버만 바꾸라고 권했다. 라이딩할 때 핸들 잡는 자세가 훨씬 편해지기 때문이다. 그녀는 핸들 커버와 안장 가방을 모두 구입했다. 자전거에 구입한 물건을 장착해보고 아이처럼 기뻐하는 그녀를 보니 도저히 말릴 수가 없었다. 그래, 주란이가 좋으면 나도 좋다.

우리는 본격적으로 자전거를 타기 위해 다시 한강으로 갔다. 그녀가 뜻밖의 말을 꺼냈다.

"사실 일본 여행 다녀오고 나서 다시 자전거를 탈 거라고 생각 안 했어."

"왜?"

나는 여행하는 동안 무슨 일이 있었나 싶어 가슴이 철렁했다.

"몰라, 그냥."

철없는 소녀처럼 가끔 생뚱맞은 이야기로 날 당황하

게 만드는 그녀라니.

"나는 너랑 함께 가고 싶은 곳이 너무 많은데?"

내 말에 그녀가 말없이 배시시 웃는다.

"노을 카페 가서 커피를 마실까? 아님 서울숲을 한 바퀴 돌아볼까?"

그녀의 대답은 '서울숲'이었다. 이렇게 자전거를 좋아하면서 변덕쟁이 같으니라고.

도심 속에 놓인 푸른 서울숲은 한강 자전거도로에서 진입하기 무척 쉽다. 봄에서 여름까지는 진달래와 벚꽃이 만발하고 가을이면 단풍으로 곱게 치장한다. 요즘처럼 여행이 쉽지 않은 계절엔 나의 단골 라이딩 코스이기도 하다. 은행나무숲, 메타세쿼이아 길, 바람의 언덕까지. 다양한 공간으로 구성된 이곳은 더운 여름에도 그늘이 드리워져 벤치에 앉으면 시원한 바람이 땀을 식혀준다. 보고픈 사람들과 함께 시간을 보내기 좋은 곳이다.

우리는 잠실철교를 건너 서울숲 전망대에 올랐다. 조금 높이 올라왔을 뿐인데 한강의 모습이 새롭다. 강변을 따라 피어난 분홍빛 진달래와 시원스럽게 흐르는 푸른 물줄기가 잘 어우러진다. 전망대에 처음 올라왔다는 그녀는 롯데타워부터 남산까지 조망이 탁 트인 한강을 마주하자 작은 탄성을 자아냈다.

"이런 곳은 어떻게 알았어?"

사방을 둘러보며 감탄이 끊이지 않는다. 입장료 한 푼 내지 않고 구경하는 멋진 전망대 풍경을 사람들은 알까. 대부분 한강공원에서 서울숲으로 들어올 때 지나기만 했다면 올 기회가 없었을 것이다. 우리는 만발한 진달래 속에 파묻혀 흘러가는 강물을 바라보았다. 별다른 일이 없는데도 약속이나 한 듯 소리 내어 웃었다. 친구와 함께하는 기분 좋은 주말 오후다. 육교를 건너 서울숲으로 들어서니 온통 벚꽃 세상이다. 둘러보니 사랑하는 연인들이 여기 다 모인 것 같다. 이곳저곳에서 커플들이 다양한 포즈로 사진을 찍고 있다. 바라보기만 해도 흐뭇하다. 우리도 벚꽃길 한가운데 연인처럼 사진을 찍었다. 나란히 세워놓은 자전거가 멋진 배경이 되어주었다. 연인들 사이를 걷고 있자니 그들에게 불었던 벚꽃 바람이 우리를 스치고 지나간다. 우리는 설렁설렁 서울숲을 한 바퀴 더 돌고 나서 지난 여행 이야기를 나누었다. 맞장구를 치며 잠시 지난 여행 속에 머물렀다. 함께 하는 여행이 즐거운 이유는 함께 추억을 곱씹을 수 있어서가 아닐까.

우리는 조금 더 편안한 장소에서 따스한 차 한 잔을 마시기로 했다. 서울숲 근처에는 맛집도 카페도 많은데 특히 뚝도시장은 내가 애정 하는 곳이다. 먹거리, 볼거리, 착한 가격과 인심까지 없는 게 없다. 단골 카페를 찾아 모퉁이를 돌아서는데 분위기가 심상치 않은 떡볶이 가게가 눈에 들어왔다. 우리는 재빨리 눈빛을 교환했다.

"들어갈까?"

"그래."

내 말이 끝나기 무섭게 그녀가 대답했다. 우리는 서로의 마음을 잘 읽어주는 이심전심 벗이다. 보글보글 끓는 떡볶이를 앞에 놓고 우리는 자연스레 옛 이야기를 꺼냈다. 해묵은 추억이 끝도 없이 쏟아졌다. 사뭇 그녀가 진지한 표정으로 말했다.

"토요일 오후에 너와 함께 시간을 보낼 거라고는 생각 못 했어."

"왜?"

"늘 약속이 있으니까 만나기 쉽지 않다고 생각했지."

무척 활발하고 적극적인 그녀는 의외로 별것 아닌 일에 조심스럽다.

"만나자고 전화해."

"네가 불편할까 봐."

"연락해. 오늘처럼 약속하고 만나면 되지."

"정말? 아이, 좋아라."

그녀가 해맑게 웃는다. 나이를 먹을수록 서로의 마음을 배려하고 내어줄 수 있는 친구가 소중하다. 주란이도 같은 마음이겠지. 이렇게 만나면 되는데, 그게 참 어렵다. 그녀가 호들갑스럽게 떡볶이를 먹기 시작했다. 마음이 편해진 덕분일까.

세상이 어둠에 잠기기 시작했다. 우리는 다음을 기약하고 각자의 집으로 향했다. 밝게 웃는 친구의 모습이 사랑스러운 밤이다.

도심 속 추억을 마시러 간다

　도시로 자전거 여행을 떠나고 싶을 때 즐겨 찾는 우사단길은 특히 야간 라이딩을 하기에 최고다. 적당히 난 오르막길을 지나면 멋지고 맛있는 식당들이 밤늦게까지 문을 열고 있어 언제라도 들어가 맛볼 수 있다. 오늘은 우사단길을 잠시 접어두고 조금 떨어진 해방촌 신흥시장으로 향했다.

　해방촌은 나의 학창 시절 역사가 깃든 곳이다. 고등학교 3년 내내 해방촌 언덕을 오르느라 고생했던 기억이 생생하다. 그때는 교통 편이 좋지 못해 용산부터 걸어 올라가거나 남산으로 오는 버스를 타야 했는데 문이 닫히지 않을 만큼 많은 사람들을 실은 버스에 올라타기가 쉽지 않았다. 설령 콩나물시루 같은 버스를 운좋게 탄다 해도 사람들 사이에서 옆 사람의 불필요한 숨소리까지 느껴야 했다. 한창 예민한 나이의 나는 민망한 상황이 싫어 용산부터 학교까지 걸어 다니곤 했다. 지나는 길에 신흥시장이 있었지만 당시에는 시장 안으로 들어가 본 적이 없었다.

신흥시장의 옛 이름은 '해방촌시장'이다. 70년간 운영된 이곳은 전쟁 이후 월남한 실향민들이, 니트산업이 한창이던 7-80년 대에는 공장에서 일하던 노동자들이 애용하던 곳이다. 최근에는 타국에서 떠나온 외국인들로 주인공이 바뀌며 여러 문화가 혼재된 독특한 모습으로 탈바꿈했다. 신흥시장으로 이름을 바꾸면서 아티스트 공방, 이국적인 음식점, 스튜디오, 갤러리, 카페 등으로 옷을 갈아입는 중이다. 시장이라는 말은 무색하지만 나름 구경하는 재미가 쏠쏠하다.

시장의 옛 모습을 간직하고 있는 가게 안으로 들어섰다. 세월의 흔적이 켜켜이 쌓여있었다. 나는 문짝에 커다랗게 쓰인 메뉴들을 훑어보다가 깜짝 놀랐다. 다양한 안주가 천 원, 생맥주는 4천 원이다. 다섯 가지 안주를 모두 주문해도 만 원이 안 된다. 서울에서 만 원의 행복을 느낄 수 있는 곳이 있다니, 실화냐! 안주 이름을 보니 주인장의 작명 센스가 남다르게 느껴진다. 가게 안은 이곳을 다녀간 손님들의 낙서로 그득하다. 늦은 시간인데도 사람들이 꽤 많다. 우리는 저렴한 안주를 마음껏 주문한 후 나오기를 기다리며 이야기꽃을 피웠다. 제일 먼저 나온 안주 '빠삭이'는 가장 고급 안주다. 황태포를 아주 잘게 찢어 불에 구웠는데 씹는 순간 바삭함이 느껴졌다. 국적 불명의 소스도 곁들여졌다. 물리지 않는 맛에 계속해서 손이 갔다. 두 번째 안주는 '군라면'이다. 라면을 구웠다고? 도대체 누구 생각일까? 라면 모양 과자들과 생김새는 비슷하지만 타의 추종을 불허하는 맛이다. 훨씬 바삭하고 담백했다. 계속 먹다간 중독될 것 같다. 세 번째는 '구운 김'이다. 구운 김과 간장만 나왔을 뿐인데 밥 생각이 간절하다. 갓 지은 밥을 김에 얹어 간장소스를 솔솔 뿌려 먹고 싶다. 마지막으로 이 집의 간판스타인 '노가리'다. 다 거기서

거기라고 생각했는데 웬걸, 반건조 상태라 뻣뻣하지 않고 부드럽다. 주인장의 노가리 사랑이 느껴지는 순간이었다. 네 가지 안주는 모두 석쇠에 구워져 나왔다. 주인장이 종일 불앞에서 지켜보고 있어야 하는 수고가 만만치 않을 텐데 더운 여름날엔 이 많은 손님을 어찌 감당하려나. 손님인 내가 별걱정을 다한다. 술과 별로 친하지 않은 나도 이곳 맥주는 술렁술렁 잘 넘어갔다. 사람을 무장해제 시키는 공간인가 보다. 이곳 안주는 밥상에 올라왔던 김이 떠오르는가 하면 생라면을 몰래 먹다가 들켜 혼나던 그때 그 시절을 추억하게 하는 매력이 있다. 우리는 코흘리개 어린 시절을 소환해 한참을 웃고 떠들었다. 허름한 모습도 좋으니 늘 그 자리에 변치 말고 있어 주길 바라며 자리에서 일어났다.

자전거를 끌고 힘겹게 올라야 하는 가파른 신흥시장이었는데 이제 내려가는 일만 남았다. 올라오는 길은 고행이었으나 내려가는 길은 천국이다. 그래도 조심조심 브레이크를 잡았다 폈다 조절하며 달렸다. 커브길 전방 주시는 기본이다. 어느새 소월길 큰 도로로 들어섰다. 한여름 밤의 꿈같았던 도시 속 야간 여행을 마치고 우리는 각자 집으로 돌아갔다.

자전거 셀프 세차

오늘은 샤워하는 날이다. 내가 아니라 나의 자전거 말이다. 살펴보니 지난 1년 동안 자전거는 나를 태우고 9,000킬로미터 가까이 달려주었다. 자동차로 달려도 결코 짧은 거리가 아닌데 아주 자그마한 녀석이 전국 방방곡곡을 엄청나게도 달렸다. 내 두 다리도 자그마한 녀석을 움직이기 위해 수천 번 아니, 수만 번 페달을 돌렸을 것이다. 그 덕분에 나는 무척 건강해졌고 남부럽지 않은 단단한 허벅지를 소유할 수 있게 되었다. 이제 자전거는 나에게 없어서는 안 될 최고의 교통수단이다. 그러므로 자주 살펴보고 구석구석 깨끗하게 해 줘야 한다. 하지만 지난 우중 라이딩 이후 바쁘다는 핑계로 녀석을 방치하고 있었다. 오늘 저녁에 자전거나 타볼까 하고 살펴보니 세상에나, 김천 여행에서 묻혀 온 흙이 그대로 남아있는 것이 아닌가! 자전거 전문 업체에 문의해보니 최소 반나절은 자전거를 맡겨야 한다고 해서 차일피일 미룬 것이 후회스럽다. 아쉬운 대로 먼저 오염이 묻은 곳을 젖은 수건으로 말끔히 닦아냈다. 녹이 생기지 않도록 마른 걸레에 윤활유를 묻혀 닦아주고 체인에도 오일을 뿌렸다. 마지막으로 타이어 공기압까지 체크했음에도 10퍼센트 부족한 이 느낌은 뭘까. 정식으로 자전거 세차를 해볼까? 조금 늦은 오후지만 마음먹은 김에 근처 생활용품점에 가서 자전거 청소 도구들을 구입했다. 물을 사용해야 하는데 밖에서 닦을 곳이 마땅치 않아 자전거를 욕실로 들였다. 마침 집에는 나밖에 없다. 아이들이 안 봐서 다행이다. 겁 없이 자전거 샤워를 시작했지만 자칫 자전거에 무슨 문제가 생기면 어쩌나 걱정이 되었다. 하지만 자전거를 계속 타려면 한 번은 겪어야할 일이다. 이번 기회에 두 눈 딱

감고 도전해보자. 본격적인 세차에 앞서 자전거 기름때가 바닥에 흐를까 싶어 나는 커다란 비닐을 욕실 바닥에 깔아주었다.

우선 자전거 체인에 세정제 스프레이를 분사했다. 체인에 묻어있던 각종 오물과 함께 시커먼 기름때가 세정제에 녹아 뚝뚝 떨어졌다. 이렇게 더러웠다니! 눈앞에서 보고 있어도 믿을 수 없었다. 이때 체인 안쪽을 칫솔로 살살 문질러주면 완벽하게 깨끗해진다. 마모된 칫솔은 버리지 말고 자전거 체인이 빠졌을 때도 칫솔을 이용해 걸면 기름이 손에 묻지 않아 좋다. 체인을 분리해서 닦으면 더 완벽하지만 아직 거기까지는 무리다.

그 다음 자전거 몸통과 바퀴를 세척했다. 사람과 마찬가지로 자전거도 몸통을 씻어주는 샴푸가 있다는 걸 이번에 알았다. 자전거 몸통 부분에는 바이크 샴푸를, 바퀴 부분에는 휠 클리너를 뿌리고 3~5분 정도 기다리니 시커먼 묵은 때가 녹아내렸다. 보고만 있어도 시원하다, 시원해.

이번에는 샤워기를 이용해 조심스럽게 닦아낼 차례다. 씻어도 씻어도 시커먼 물이 계속 나온다. 어느새 체인 색이 바뀌었다. 원래 저런 색인 걸 잠시 잊고 있었네. 나는 잠시 벽보고 손든 자세로 서서 나의 게으름을 반성했다.

자전거 물기를 완전히 털어내면 코팅을 해야 한다. 코팅을 하면 반짝반짝 광택이 나서 자전거가 예뻐 보이는 효과도 있지만 먼지도 잘 달라붙지 않고 작은 스크래치도 방지할 수 있다. 1석 3조의 효과를 얻을 수 있는 왁싱 작업인 만큼 체인과 타이어 부분을 제외하고 부드러운 천으로 정성껏 구석구석 광택을 냈다.

드디어 마지막 단계다. 체인에 오일을 뿌리고 수건으로 닦아주는 과정이다. 이때 가볍게 닦아준다는 느낌으로 한 손으로 체인을 붙잡고 다른 한 손으로 천천히 페달을 돌리면 된다. 체인의 시커먼 기름 때가 수건에 그대로 묻어나오더라도 당황하지 말자. 본래 체인의 색이 나올 때까지 3회 정도 반복하면 된다. 유연함과 깔끔함을 갖춘 체인이 아주 술술 돌아간다.

세차가 끝나고 나니 '자전거가 이렇게 달라졌어요'라고 동네방네 자랑하고 싶다. 이토록 흡족할 수가. 자전거에 이상이 없는지 체크하기 위해 시범 삼아 아파트 단지 내를 한 바퀴 휘돌았다. '스르륵 스르륵' 체인 소리가 아찔하게 경쾌하다. 기어 변속도 문제없고 브레이크도 이상 무다. 모든 것이 완벽하다. 이젠 나도 자전거 세차 전문가의 반열에 오르는 것인가. 겨우 자전거 한 대 세차했을 뿐인데 이 엄청난 뿌듯함은 뭐지. 다음엔 본격적으로 체인을 풀어서 세척해 봐야지. 언제나 삶은 도전의 연속이다.

나는 숫자에 불과하다고

느지막한 오후, 차소년에게서 전화가 왔다.

"오늘 저녁 이태원 우사단길 어떠세요?"

"좋지요!"

전화 오기를 기다렸다는 듯 끊자마자 후다닥 나갈 채비를 했다. 앗, 우사단길이 어디지? 용산에 있는 경리단길, 해방촌길은 들어봤는데 우사단길도 이태원 어디쯤인가. 인터넷을 검색하니 보광초등학교에서 시작해 이슬람교 중앙성원을 지나 도깨비시장으로 이어지는 길이다. 분위기 좋은 카페와 공방뿐 아니라 터키, 이집트,

인도 등 이색적인 음식점도 많다. 이슬람 사원도 근처에 있어 히잡과 터번을 쓴 사람들도 쉽게 만날 수 있다. 서울에서 아랍을 느낄 수 있는 곳이 있다니. 우사단은 근처 보광동에 있는 기우제나 기설제를 지내던 제단 이름이다. 재빨리 오늘의 골목 여행 코스를 숙지하고 차소년을 만나러 약속 장소인 반포로 향했다.

반포에서 시작한 라이딩은 이태원 가구거리에 들어서자마자 오르막길이다. 일상에서 자전거를 타며 업힐, 다운힐을 충분히 연습한 결과인지 어렵지 않게 오를 수 있었다. 열혈청년 차소년이 스피드를 내며 앞서갔다. 나도 그의 뒤를 열심히 쫓았다. 일요일이라 가게들이 대부분 문을 닫았다. 도로가 한산해 자전거 타기가 수월했다. 부지런한 차소년은 나이가 무색하게 어디를 가든 열심히 기록을 남긴다. 그를 보면 나이는 숫자에 불과하다는 말을 실감한다. 한참 동생뻘인 나는 난생처음 와 보는 이 길을 그는 마치 동네 주민처럼 자유롭게 누비고 있다. 그는 독특한 카페나 고풍스런 가게들이 눈에 들어오면 지나치지 않고 사진으로 남긴다.

이국적인 분위기를 벗어나니 전형적인 우리네 예스

러운 골목이 나타났다. 손때 묻은 구옥들이 옹기종기 모여 있는 이곳은 2010년 초 젊은이들이 하나둘씩 터를 잡아 자신만의 개성을 살린 카페, 음식점, 공방 등으로 탈바꿈시켰다. 파란 무늬 타일로 장식된 아치형 대문이 나의 시선을 사로잡는다. 한국 이슬람교 서울 중앙성원이다. 네댓 명의 아랍인들이 건물 앞에서 이야기를 나누고 히잡 쓴 남성이 성원 쪽으로 올라가는 모습을 보니 내가 이방인처럼 느껴진다. 이국적인 동시에 한국적인 분위기가 우사단길의 매력인가 보다. 길을 따라 내려오니 뉴욕타임스에도 소개된 김밥 전문점이 나왔다. TV 프로그램에서 여성 코미디언이 이곳을 소개하며 더욱 유명해졌다. 영업이 끝났는데도 5년 넘게 단골인 차소년 덕분에 멋진 테라스에 앉아 김밥을 맛볼 수 있었다. 속 재료를 아낌없이 넣은 김밥을 먹자마자 입안이 육즙으로 가득 찼다. 신선한 채소가 풍미를 더했다. 다음엔 유명하다는 고추냉이 김밥을 먹으러 와야지. 바삭바삭 튀긴 닭강정도 별미다. 든든하게 속을 채운 우리는 본격적으로 우사단길 탐사에 나섰다.

우사단길의 하이라이트는 LP와 카세트테이프로도 음

악을 들을 수 있는 카페였다. 라디오방송을 듣다가 좋아하는 노래가 나오면 카세트테이프에 녹음하던 추억이 떠올랐다. 아날로그 감성이 물씬 풍기는 그곳에서 나는 향수를 자극하는 노래들을 들었다. 옥상에 올라가니 저 멀리 남산타워와 어우러져 멋진 우사단길 야경이 한눈에 펼쳐졌다. 밤이 늦었는데도 작은 공방들은 저마다 자신들의 작업에 열중하고 있었다. 열정으로 가득한 젊은이들은 세상 부러울 게 없어 보였다. 우리는 간판 없는 소품 숍에 들어가 팔덕이(녀석은 나의 자전거에 달린 작고 노란 장식용 오리 이름이다)에게 씌워줄 예쁜 모자와 방수 천으로 만든 작은 가방을 샀다. 형형색색의 공방들이 오래도록 우사단길에 남았으면 좋겠다고 생각하며 자리를 떠났다. 밤늦도록 이어진 우사단길 골목여행을 마치고 우리는 이태원으로 향했다. 내려오는 길에 커다란 수박이 진열된 카페가 보였다. 유독 태국을 사랑하는 차소년은 카페에서 땡 모반(수박주스)을 주문했다. 달콤하고 시원한 주스는 우사단길 라이딩의 화룡점정이 되었다.

중년을 지나 노년으로 향하는 우리는 오늘도 함께 자전거를 타고 젊은이들이 득실거리는 이곳 우사단길에서 이국적인 분위기와 아날로그적 감성에 취해버렸다. 내가 자전거를 타지 않았다면 젊은이들만 가득한 이 길 구석구석을 결코 구경하지 못했을 것이다. 헤드셋을 낀 채 옛 음악에 취할 기회도, 아기자기한 공방에서 귀여운 소품을 사는 즐거움도 누리지 못했겠지. 돌아오는 길, 자전거를 타고 달리는 나를 향해 밤바람이 속삭여주었다. 나이는 숫자에 불과하다고.

공연장 갈 때도 자전거 타고 가지요

때아닌 가을장마가 한창이다. 일기예보는 종일 비 소식을 전했다. 창밖의 빗방울을 확인했지만 나는 망설임 없이 자전거를 가지고 집을 나섰다. 역시나 내 예상이 맞았다. 살짝 빗물이 얼굴을 스치는가 싶더니 비가 멈췄다.

오늘은 특별한 날이다. 예술의전당으로 남성 코러스 공연을 보러 가기 때문이다. 자전거를 타고 말이다. 자전거를 타고 공연을 보러 간다고 했을 때 아이들은 엄마가 혹시 민망하거나 난처한 상황을 겪게 되지 않을까 걱정했다. 하지만 전혀 문제 될 것이 없을 것이다. 자전거 전용 복장이 아닌 음악회에 어울릴만한 평상복을 갖췄으니 연주회 분위기를 망치는 일 따위는 없다. 더군다나 내가 타는 접이식 자전거는 생활 속에서 타는 도심형 자전거다. 일상생활에서 편하게 사용할 수 있어 정장 차림으로 출퇴근하는 사람들도 자주 애용한다. 쓸데없는 선입견은 버리자. 새로운 시도를 두려워하지 말자.

피터팬과의 약속 시간에 늦지 않기 위해 부지런히 페달을 돌렸다. 열심히 달린 덕분에 시간 여유가 생긴 나는 여름 내내 함께했던 능소화와 길고도 진한 작별의 시간을 가졌다. 능소화는 내 자전거와 같은 색이라 더 좋아진 꽃이다. 내년에 다시 만날 테지만 올해만큼의 정열을 다시 느낄 수 있을까? 내년에는 더 젊어져서 내게 오렴. 오늘 만남의 장소는 반포 단골 자전거 가게다. 자전거를 점검받으며 그동안 궁금했던 것들을 물어봤다. 공연보기 전, 우리는 조금 이른 저녁을 먹기로 했다. 자전거 가게에서 추천해준 식당에서 오랜만에 일본 가정식 돈가스를 먹었다. 오랜만에 피터팬과 함께 하는 식사라 더 맛있었다. 내게 맛있는 음식을 먹는 즐거움 또한 살아가는 동력이다. 다들 나이 들면서 입맛이 없어진다는데 나는 그 반대다. 자전거를 타면 탈수록 먹고 싶은 것이 많아졌다. 동호회 사람들과 함께 자전거를 타고 다니며 맛집을 순례하는 일이야말로 살아가는 즐거움 중의 하나가 되었다.

식사를 마치고 나오니 비는 완전히 그쳤다. 거추장스러운 판초를 벗으니 날아갈 것 같다. 지도 앱으로 확인하니 반포대교를 통해 직진하면 예술의전당까지는 불과 20분이다. 반포대교를 건너 교통체증으로 늘어선 차량 행렬 옆을 유유히 빠져나갔다. 세상은 정지되어 꼼짝 못하는데 나만 신나게 달리고 있구나. 유쾌 상쾌 통쾌하다.

한강 토끼굴로 나와 고속터미널을 지나고 성모병원을 통과해 예술의전당 가는 길로 들어섰다. 숨어있는 뒷길은 자전거를 타고 다녀본 사람만이 알 수 있다. 복잡한 대로를 거치지 않으니 그야말로 끝내주는 라이딩 맛길이다. 고수가 곁에 있어 얻는 팁이 참 많다. 아, 행복해. 드디어 예술의전당에 도착했다. 자전거를 접어 물품보관소에 맡기고 번호표를 받았다. 차량 주차보다 더 쉽고 더 편했다. 남성 중창단의 향연은 특별했다. 중후한 저음의 매력에 푹 빠져버렸다. 널찍한 예술의전당 공연장에 그들의 하모니가 울려 퍼진다. 아름다운 선율 너머로 나도 모를 감탄이 이어졌다. 마침내 멋진 공연이 끝났다. 우리는 사람들이 주차장에서 자신의 차를 찾아 나갈 차례를 기다리는 동안 자전거를 타고 차들 사이를 유유히 빠져나왔다.

'그래 이 맛이야.'

집을 향해 달리는데 오늘 감상한 중창단의 합창이 바람에 실려 왔다. 페달 선율에 맞춰 아름다운 하모니가 들리는 듯했다.

만추가경에 빠지다

일만 하던 그때는 내가 어떤 사람인지 전혀 몰랐다. 걷기 시작하고 자연을 만나면서부터 몰랐던 나를 알아가고 있다. 자연이 들려주는 소리는 나를 행복하게 한다. 사각사각 바람에 나뭇잎이 부딪치는 소리, 사르륵 바닷물에 모래가 쓸려가는 소리, 토토톡 장작 타들어가는 소리, 바스락 살포시 낙엽 밟는 소리, 우수수 낙엽 떨어지는 소리, 찌르르르 숲속에서 들려오는 새들의 아침 인사, 뽀드득 눈 밟는 소리, 툭툭툭 처마 끝에서 떨어지는 빗소리. 자연이 내는 소리는 거슬리는 게 하나도 없다. 사소하지만 나를 행복하게 해주는 자연의 소리를 찾아 귀 기울인다.

가을이다. 햇살은 따스하고 하늘은 유난히 높고 청명하다. 바람이 쏴아 불더니 노오랗게 물든 은행나무로 가 부딪친다. 길가에 떨어진 은행나무 잎들이 바람에 뒹구는 모습을 보니 어디론가 훌쩍 떠나고 싶다. 문득 가을 햇살을 더 충만하게 즐길 수 있는 삼청동 가을 단풍 길이 떠오른다. 집에서 자전거로 30분이면 닿을 수 있는 거리에 있으니 잠시 짬을 내어 다녀오기도 좋다. 집 근처에서 선선한 가을바람을 온 몸으로 느낄 수 있으니 이보다 더 멋진 여행길이 또 있을까.

노란 은행나무가 경복궁 입구부터 날 반겨주었다. 은행 단풍이 절정일 때 이 거리에 들어서면 세상이 노랗다. 낙엽이 되어 떨어진 노란 은행잎들이 길을 덮고, 파란 가을 햇빛을 받아 반짝거리는 노란 은행잎의 어우러짐이 신비스럽다. 은행나무 사이로 길게 뻗은 가을볕이 내 뺨 위에 와 닿는다. 나는 낙엽을 밟으며 '바스락' 소리에 귀를 기울인다. 낙엽을 보고 있으니 문득 구르몽의 시구절이 생각난다.

시몬 너는 좋으냐? 낙엽 밟는 소리가
시몬 너는 좋으냐? 낙엽 밟는 소리가

때마침 불어오는 바람에 은행잎들이 마지막 인사를 나누고 우수수 비가 되어 내린다. 나는 두 팔 벌려 온몸으로 노란 비를 맞는다. 내 어깨 위 노란 은행나무 잎이 내려앉았다가 바람을 타고 세상구경을 떠난다. 바람이 지나가는 길을 따라 나도 여행길에 오른다.

익스트림 스포츠를 즐겨볼까

장마가 계속되던 어느 날 오후, 나는 판초를 입은 채 자전거를 끌고 집을 나섰다. 아파트 이웃이 '설마'하는 표정으로 나를 바라본다. 나는 자전거에 올라타 빗속을 뚫고 달렸다. 이웃의 휘둥그레진 두 눈을 본 것 같다. 나도 모르게 웃음이 터졌다. 비를 좋아하는 나는 가끔 '우중 라이딩'을 즐기곤 한다.

"톡 톡 톡 톡…"

판초 위로 떨어지는 빗방울 소리가 텐트 위로 떨어지는 빗소리 같다. 집 앞 정릉천이 침수되었다. 자전거도로는 물에 잠겨 통행 불가다. 일반차로와 인도를 이용해 달려야 한다. 차로 상황이 복잡해 경동시장 근처에서 인도로 올라섰다. 우산을 쓰고 걷는 이들 사이로 자전거를 타고 가는 건 위험하다. 타다 걷다를 반복하며 드디어 왕십리역에 도착했다. 자전거도로가 없으니 이토록 아쉬울 수가. 지하철을 타고 강변터미널로 이동했다. 저요걸과 하도사 부부를 만나 오산행 시외버스에 몸을 실었다. 비는 내내 쏟아졌다. 오늘 함께 자전거 여행을 떠나는 사람들은 나를 포함해 총 다섯 명이다. 오늘의 코스는 오산에서 기흥까지, 채 30킬로미터가 되지 않는다. 코스 계획은 언제나 제이크의 몫이다. 능숙하게 길을 파악하는 그만 따라가면 못 달릴 길이 없다. 함께 즐기기만 하면 된다.

오산에 도착했다. 먼저 도착한 김마에와 제이크를 만났다. 일주일이 멀다 하고 만나는 사이지만 언제 봐도 반갑다. 빗줄기가 더욱 거세지고 있다. 하지만 '비가 너무 많이 오는데 그만둘까' 라는 말을 꺼내는 사람은 없다. 가다가 도저히 못 탈 상황이면 언제든 그만 달리면 그뿐이다. 달리기에 앞서 참새방앗간에 들렀다. 오후 5시, 누구나 시장기를 느낄 법한 시간이다. 비오는 날은 뭐니 뭐니 해도 기름에 지글지글 구워낸 호떡이 제격이다. 오산시장 근처에 다다르니 맛있는 호떡 냄새가 진동한다. "호떡 다섯 개요." 주문과 동시에 철판 위에 올려진 호떡 반죽이 지글지글 기분 좋은 소리를 낸다. 능숙한 솜씨로 호떡을 휙 뒤집자 노릇노릇한 자태가 모습을 드러냈다. '납작하게 눌린 저 호떡은 누구 것일까' 하는 순간, 기름을 뒤집어쓴 호떡이 또 몸을 뒤집었다. 이곳 호떡은 쑥과 시금치를 넣어 반죽하고 겉은 바삭하고 속은 쫄깃한 것이 특징이다. 우리는 종이컵에 담긴 호떡을 하나씩 받아 들고 호호 불며 한 입씩 베어 물었다. 꿀 품은 노릇노릇한 호떡이 입 안 가득 퍼진다. 제이크 단골 맛집은 언제나 맛을 보장한다.

오늘은 오산천을 따라 달리다가 기흥 호수공원을 경유해 기흥역까지 갈 예정이다. 이 코스는 제이크의 출퇴근 길이기도 하다. 이름하여 '제이크와 함께 하는 퇴근길' 되겠다. 판초를 입고 라이딩을 시작했다. 빗줄기와 바람은 여전했지만 우리는 악천후를 헤치며 달려 나갔다. 오산천 변을 따라가는 자전거길은 산책길과 나란하다. 비가 오지 않았다면 최고의 코스였을 텐데. 조금

패인 곳은 이미 물이 차 있다 보니 자전거가 물속에 잠기곤 했다. 앞서가던 제이크의 자전거가 물속에 잠겼다 나왔다. 뒤따르던 내 자전거도 잠겼다 나왔다. 거센 비바람에도 끄덕없이 앞서가는 리더를 따라가니 무섭거나 걱정되지 않았다. 대신 철인 3종 경기 출전을 위한 고된 훈련을 받는 듯한 느낌이랄까. 자전거도로는 지대가 낮아 오산천이 범람해 있었다. 침수된 도로는 다행히 구간이 짧고 물살도 약해 안전에는 큰 문제가 없었다. 체인에 물이 닿으면 문제가 생기지 않을까 싶었지만 십 년 넘게 비가 오나 눈이 오나 자전거를 타는 제이크가 괜찮다니 문제없겠지. 누군가는 부식을 걱정하겠지만 집에 돌아가 잘 관리하면 된다. 자전거 걱정은 붙들어 매고 익스트림 스포츠를 즐겨볼까? 나는 맹렬히 빗속을 뚫고 나갔다. 전에는 없던 새로운 경험이었다. 물에 잠기지 않은 길을 달리는 일도 만만치 않았다. 세찬 바람으로 인해 꺾인 가지들과 나뭇잎들로 가득했기 때문이다. 널려있는 장애물을 피하고 물로 흥건해진 바닥을 살피며 달렸다. 극심한 바람이 불어닥칠 때에도 나는 멈추지 않고 판초를 단단히 조여 맨 채 끊임없이 앞으로 나아갔다.

한참을 달리는데 소강상태로 들어섰는지 빗줄기가 조금씩 가늘어지고 있었다. 바람도 한결 부드러워졌다. 여유를 찾으니 판초에 떨어지는 빗물 소리가 정겹다. 콧바람 쐬러 나온 아이들의 웃음소리가 끊임없이 오산천을 따라 퍼졌다. 도로가 침수된 곳을 피해 일반도로로 돌고 돌아 기흥으로 향했다. 도로에는 차가 별로 없어 위험하지 않았다. 신갈저수지로 불렸던 기흥호수는 공원으로 탈바꿈하면서 데크길이 생겼다. 그 길로 들어서니 비가 완전히 그치고 바람이 살랑살랑 불어왔다. 페달을 돌리는 나의 발도 가볍다. 데크길 가로등 불빛과 고즈넉한 밤이 썩 잘 어우러졌다. 새로 생긴 데크길은 오늘의 코스 중 가장 마음에 들었는데 거리가 짧아 아쉬웠다. 우리는 기흥역에 도착해 커피 한 잔의 여유를 즐기며 짧지만 굵직한 오늘의 자전거 여정이 매우 신선했다고 입을 모았다. 오산천을 따라가는 길은 창릉천만큼이나 마음에 든다. 서울에서 멀지 않은 곳인 만큼 자주 와서 즐겨야겠다. 나만의 자전거길 리스트가 하나 더 추가되었다.

죽을 맛도 괜찮습니다

공지가 올라왔다. 이름도 무서운 '남북 라이딩'이다. 남북은 '남산부터 북악스카이웨이까지'의 줄임말이다. 서울에서 험하기로 악명 높은 업힐 코스다.

'걸어서도 오르기 힘든 길을 자전거로 오른다고? 내 가?'

나는 곰곰이 생각에 잠겼다.

'무정차로 오르기 어려우면 쉬엄쉬엄 오르면 되고, 그것도 힘들면 끌바로 가면 되지.'

나는 "무조건 참석!"을 외쳤다. 생각해보니 산을 다

닐 때도 그랬다. 주로 장거리 산행이라 일컫는 '종주 산행'을 즐겼고 무척 힘들긴 해도 일단 산에 오르면 내면에서 뜨겁게 올라오는 성취감이 즐거웠다. 내 앞에 펼쳐진 산의 새로운 풍광이 너무 황홀해 오를 때의 고생마저 즐겁게 느껴지곤 했다. 자전거를 타게 되면서 알아채지 못했던 호기심과 도전 의식을 비로소 재발견하게 된 것이다. 자전거 여행을 제대로 즐기기 위해선 업힐이나 다운힐 같은 연습은 필수. 항상 같은 길만 다니는 게 아니니 언제 어디서 어떤 업다운을 만날지는 예측 불가다. 업힐은 힘만 좋다고 해서 잘 할 수 있는 게 아니다. 업힐이 힘들면 끌바를 해도 관계없지만 자전거에 무거운 짐까지 실려 있는 경우에는 페달링을 할 때보다 더욱 힘들다. 다운힐이 쉽다는 생각 역시 버려야 한다. 무서운 가속도가 붙는 심한 경사길에서 브레이크는 생명과도 직결된다. 자칫 잘못 잡아서 브레이크가 파열되면 사고로 이어질 수 있다. 회전 각도가 큰 도로에서의 회전 방법도 반드시 숙지해야 할 라이딩 기술 중 하나다. 그 기술들은 몸이 기억할 때까지 연습에 연습을 반복해야 한다. 남북 라이딩 도전은 나에게는 새로운 숙

제이고 도전이다. '도전'은 말만 들어도 긴장되고 가슴 떨리는 단어다. 가슴은 떨리는데 다리는 떨리지 않아서 과감히 도전장을 내밀었다. 실패할 줄 알면서도 도전하는 인생이야말로 진정 아름답지 않은가? 오늘이 나의 인생에서 제일 젊은 날이니까.

드디어 도전의 날이 왔다. 시작은 남산. 남산 타워까지 가는 여정은 2킬로미터 남짓 짧은 거리지만 계속된 업힐로 인해 자전거를 타는 이들에겐 하나의 관문처럼 여겨지는 코스다. 남산 라이딩은 보통 한남 나들목에서 시작하지만 이태원에서 맛있는 커피와 빵을 즐기고 출발하기로 했다. 브런치가 유명한 카페에 들어서자 일행들 모두 일찌감치 도착해있었다. 언제 만나도 반가운 얼굴들이다.

"시작부터 참 힘드네요."

나도 모르게 힘들다는 말이 나왔다. 이태원에서 한남동을 거쳐 남산 국립극장까지 오르는 초반 코스조차 만만치 않다. 장충동 고개야말로 반대 방향으로는 몇 번 지나갔던 길이건만 방향이 바뀌었다고 이리 힘들 수 있을까? 혼자 라이딩할 때야 힘들면 쉬어가면 그만이지만 그룹 라이딩에선 쉽지 않은 일이다. 다른 사람들에게 폐를 끼치면 안 된다는 생각에 심장 박동이 빨라지고 호흡이 거칠어졌다. 남산 국립극장에 도착하자 잠시 휴식과 재정비 시간이 주어졌다. 다음은 순환버스가 다니는 남산 차로를 따라 달려야 하는 코스라 더욱 조심스럽다. 드디어 업힐 실전 트레이닝 코스가 시작된 것이었다.

"천천히, 힘, 빼구요!"

뒤에서 제이크의 목소리가 들려왔다.

'영미야, 최대한 천천히, 호흡이 가빠지지 않게, 상체의 힘은 빼고, 핸들이 흔들리지 않고 자연스럽게, 달려보자.'

초반에 너무 속도를 내면 중간에 퍼지게 될 것이 자명하기에 나는 적당히 힘을 분배하며 앞으로 나아갔다. 전망대까지 모두 무탈하게 도착했다.

"생각보다 어렵지 않네요."

"함께하니 재미도 있어요."

감자와 나는 서로의 얼굴을 보며 웃었다.

전망대에 오르니 서울이 자세히 보였다. 조금 전 출

발했던 이태원부터 한남대교, 잠실대교, 반대편으로는 반포대교, 관악산까지 다 보였다. 뻥 뚫린 한강의 조망만큼 시원한 남산 바람이 불었다.

"와! 시원하다. 기분 정말 좋은데요."

마라톤 우승까지는 아니어도 잔잔한 감동이 마음속에서 출렁였다. 초반에는 긴장한 탓에 힘들었는데 이젠 조금 마음의 여유가 생겼다. 나는 마음속으로 속삭였다.

'영미야, 잘하고 있어.'

전망대는 남산 업힐의 3분의 2지점. 앞으로 '3분의 1만 가면 되겠네'라고 안심하면 오산이다. 남산 타워까지 가는 길은 경사도가 상당하다. 때마침 이은상 시인의 시구가 스쳐갔다.

'고지가 바로 저긴데 예서 말 수는 없다.'

'하나, 둘, 하나, 둘.' 마음속으로 박자를 맞추며 아주 천천히 페달을 돌렸다. 남산 순환버스가 스쳐 지나갈 때마다 내 가슴은 새가슴이 되어 먹먹해졌다. 그럴 때마다 더 깊게 심호흡을 하며 페달을 돌리는 두 발에 집중했다. 그 사이 제이크는 앞서가는 우리를 뒤따르며 하나하나 자세를 짚어주었다. 무엇보다 큰 힘이 되었다.

앞에 가는 감자는 언제나처럼 전혀 흔들림 없이 거의 같은 속도로 페달을 돌리고 있었다. 업힐의 모범답안다운 자세랄까. 그의 속도에 맞춰 열심히 페달을 돌리다 보니 어느새 남산 타워에 도착했다. 걸어서는 수없이 올라왔던 길이지만 자전거로 오르고 나니 격한 감동이 밀물처럼 밀려들었다. 올림픽에서 막 금메달을 목에 건 느낌이 이럴까? 자전거 타는 사람들은 누구나 오르는 길인데 뭐 그리 유난스럽냐고 핀잔을 줄 수도 있겠지만 작은 바퀴가 달린 나의 자전거로 험난한 남산에 올랐으니 내겐 올림픽에서 금메달을 딴 것과 진배없다. 정상에 오르니 서울 시내는 물론이고 북한산 백운대까지 보인다. 하늘은 맑고 햇살은 따뜻하고 바람은 시원하다. 아직은 어려울 거라고 겁먹었던 남산 업힐은 의외로 쉽게 성공했다. 홀로 도전했다면 100퍼센트 실패했을 것이다. 자전거를 사랑하는 사람들과 서로 응원을 주고받은 덕분이다.

이제 북악스카이웨이 코스만 남았다. 연습은 남산에서 충분히 했으니 여유롭게 달릴 수 있을 거라 생각했다. 그러나 다운힐도 업힐만큼 쉽지 않음을 간과하고 있었다. 남산에서 남대문으로 내려오는 다운힐 구간은 다리는 편했지만 몸은 더욱 긴장해야했다. 대부분의 자전거 사고는 업힐이 아니라 다운힐에서 발생하기 때문이다. 시원한 바람을 맞으니 잠시나마 피로회복의 시간이 될 수도 있겠지만 과속 상태에서 블라인드 코너(blind corner)로 진입하게 되면 사고 가능성이 높아진다. 게다가 달리는 구간이 차도라면 반대편에서 차가 올 가능성도 염두에 두고 코너링을 해야 한다. 속도를 줄일 때는 브레이크를 나누어서 잡는 것이 중요하다. 급제동을 위해 한 번에 브레이크를 잡으면 타이어가 펑크 나거나 자전거 뒤 타이어가 공중부양을 하는 위험한 상황에 직면할 수 있다. 막상 다운힐로 들어서니 가속도는 상상을 불허했다. 롤러코스터보다 더 아찔하다. 남대문을 지나갈 때마다 쌩하고 달려 내려오는 라이더들을 신기한 눈빛으로 바라보곤 했는데 이제는 내가 그들이 되었다. 브레이크를 꽉 잡고 최대한 감속하면서 앞사람과 적당한 거리를 유지했다. 마치 물속에 있는 것처럼 거의 숨을 쉬지 못했다. 커브 길을 돌아설 때 얼마나 긴장을 했는지 어깨는 묵직해졌고 손까지 저려 왔다. 5킬로미터 거리를 계속 다운힐로 내려오는 시간은 불과 몇 분이었지만 살이 떨릴 정도로 무서웠다.

'무엇이든 첫 경험은 쉬운 게 없구나.'

잠시 휴식을 취하기 위해 남대문 프레스센터 지하에 있는 한방 찻집으로 갔다. 일행 중 몇 명이 단골로 다니는 찻집이다. 나는 몸에 좋다는 십전대보탕을 주문했다. 생밤, 견과류, 후식용 차까지 주는데 일금 오천 원이다. 사실 난 십전대보탕을 처음 마셔본다. 왠지 한약처럼 쓴맛일 것 같아서 시도조차 해보지 않았는데 예상과 달리 달콤했다. 잠시 후에 오를 북악스카이웨이를 위한 보약처럼 느껴졌다.

우리는 광화문을 지나 청와대에서 창의문으로 오르는 업힐 구간으로 향했다. 주란과 함께 이 길을 처음 지날 때는 무척 힘들었는데 다행히 오늘은 그때보다 쉽게 느껴진다. 이제 조금씩 라이딩 실력이 늘고 있는 거라고 믿어도 되겠지?

오르기 전 점심을 먹고 가는 것이 좋겠다는 의견이 일치해 우리는 부암동에 있는 포차에 들렀다. 중국 전통 만두를 빚어 파는 이곳은 200년 된 중국 텐진 3대

명품 중 하나인 텐진 바오쯔를 재현하는 곳이다. 만두를 좋아하는 사람들에겐 이미 입소문이 자자한 맛집이다. 주문과 동시에 중국인 요리사가 만두를 빚기 시작했다. 육즙이 가득 담긴 만두는 촉촉하고 담백했다. 사람이 여럿이라 각자 메뉴를 시켰더니 다양한 만두를 골라 먹는 재미가 있다. 나는 마지막으로 단팥소를 넣어 만든 단팥포자를 집었다. 음식의 마무리는 달콤해야 한다는 나의 지론과 잘 맞는 맛이었다. 어쩌면 자전거 여행에서 빼놓을 수 없는 것이 맛집 순례의 즐거움일지도 모르겠다. 자, 든든하게 배를 채웠으니 이제 본격적으로 업힐의 시간을 가져볼까. 남산 업힐을 복습하는 시간이라고 생각했는데 초반부터 만만치 않은 경사길에 맞닥뜨렸다. 부암동에서 스카이웨이 팔각정을 향해 들어서니 도로에 「팔각정 2.5km」라는 글자가 눈에 들어왔다. 여기서부터 2.5킬로미터 동안 계속 업힐을 해야 한다는 뜻이다.

'남산보다 500미터나 더 길잖아? 하긴 남산도 정복했는데 이쯤이야'라는 근거 없는 자신감이 뿜어져나왔다. 마치 이 길을 자주 와 본 것처럼 나는 아주 자연스럽게 페달을 돌렸다.

"하나, 둘, 하나, 둘."

피로가 쌓이지 않도록 어깨에 힘을 풀고 오롯이 페 달링으로만 호흡을 맞춰 달렸다. 그런데 갑자기 제이크 의 말이 귓전을 때렸다.

"영미 작가! 천천히!"

'나도 모르게 페달링이 빨라졌구나.'

과한 자신감을 뒤로하고 천천히 페달을 돌리며 속도 를 늦췄다. 빨리 가려고 오르막길에서 무리를 하다가 중간에 서게 되면 다시 시작하기 어렵다. 결국 끌바로 올라가야 하는 상황이 발생하는 것이다. 업힐에서는 중 간에 서지 않고 갈 수 있도록 호흡과 힘을 적절하게 안 배하는 것이 제일 중요하다. 2.5킬로미터가 아니라 25킬 로미터처럼 끝이 보이지 않는 길. 혼자였다면 분명 포기 했을 길이지만 나는 앞 사람을 바라보며 다시 하나둘 을 외치고 있었다. 역시 감자는 페달링 속도도 일정하 고 흔들림이 없다. 앞서 가는 그의 속도에 맞추니 한결 수월하다. 고지가 멀긴 해도 포기하지 말자. '조금만 더' 를 마음속으로 몇 번이나 외쳤는지.

"와아! 북악팔각정이다!"

자전거를 타는 이들에게 고약하기로 악명 높은 북악 스카이웨이 코스를 첫 시도에서 무정차로 성공해버리다니! 천천히 올라왔는데도 온몸은 땀으로 축축했다. 뜨거운 땀이 목덜미를 타고 주르륵 떨어졌다. 죽을 만큼 힘들었던 마음이 사라지고 기분이 상쾌해졌다. 시원스럽게 탁 트인 조망과 미세먼지 없는 깨끗한 하늘을 마주하니 돈암동에 살던 어린 시절이 구름 곁으로 두둥실 떠올랐다. 수십 년 동안 자주 다녔던 그곳을 얼마만에 왔는지. 자전거가 추억이 가득한 이곳까지 데려다주었다. 내가 좋아하는 북한산 비봉능선부터 사모바위, 승가봉, 문수봉까지 또렷하게 보였다. 북한산을 바라보며 나는 두 개의 업힐 코스를 정복한 성취감에 풍덩 빠져버렸다.

다운힐은 성북동 코스다. 이곳의 다운은 남산보다 커브도 더 심하고 훨씬 위험하다. 과속을 즐기다가는 어떤 사고로 이어질지 모르니 더욱 조심해야 한다. 속도를 최대한 늦춘다 해도 다운힐의 속도가 엄청나기 때문에 단 1초도 방심하면 안 된다. 오직 안전만을 생각하며 최대한 천천히 브레이크를 잡았다 놓았다 반복했다. 길상사에 들러 부처님께 인사드리고 성북천으로 내려가니 낯익은 길이 나왔다. 성북천을 따라 학교도 다니고 놀러도 다녔던 길이다. 초등학교를 오가던 성북천, 고등학교를 오가던 남산, 친정과 아주 가까운 북악 스카이웨이까지. 그러고 보니 정복했던 두 개의 업힐 코스는 모두 추억의 장소들이다. 초등학교 몇 학년 때인지 기억은 잘 안 나지만 홍수가 나는 바람에 성북천부터 휩쓸려 대광고등학교까지 떠내려갔던 아픈 기억도 떠올랐다. 오늘 긴장도 많이 하고 힘들었지만 틈새마다 추억이 솟아나는 길을 달려서인지 가슴이 뭉클해진다.

자전거 여정을 모두 마치고 집으로 가는 길. 지치지도 않았는지 돌아가는 페달이 가볍다 못해 신바람이 났다. 힘들기로 소문난 두 개의 업힐 코스를 다른 사람도 아닌 내가, 그것도 무정차로 정복했으니 신바람 날 수밖에. 자, 다음은 4대강 종주다.

처음부터 잘하는 사람은 없어

벌써 겨울의 첫 자락이 시작되었다. 달리다 보니 땅도 가을보다 딱딱해졌음이 느껴진다. 버프(마스크처럼 얼굴에 써서 햇빛이나 바람을 막아준다)를 올렸는데도 볼을 스치는 바람이 차갑다. 한겨울에 입는 다운재킷과 동계용 장갑까지 무장하고 겨울 날씨를 가늠하러 길을 나섰다. 아직 선홍색 빛이 남은 단풍에게 인사를 했다. '왜 이제야 왔어요.' 남은 단풍들이 잎사귀를 흔들며 나에게 아쉬움의 손짓을 한다. 거센 바람에도 애쓰며 버티느라 수고가 많은 단풍을 고마워하며 겨울 햇살 속으로 들어섰다.

반포대교 남단이다. 시원하게 열려있는 파란 하늘과 한강이 어우러져 멋지다. 차가운 겨울 날씨 덕에 하늘은 더욱 투명하고 시원스럽다. 이곳까지 달려왔더니 몸이 데워져 땀이 흐른다. 불과 30여 분이지만 전력 질주를 했더니 차가운 공기가 오히려 반갑다. 길만 얼지 않으면 겨울 햇살 맞으며 종종 자전거를 타고 한강을 찾아도 좋을 것 같다. 춥다고 웅크리고 있으니 더욱 추운 기분이 든다. 집으로 돌아오는 발걸음은 아직도 먼 봄을 금방이라도 맞이할 것처럼 가볍다. 적당한 운동으로 몸을 데워주고 나니 마음까지 따스함이 스며들었다. 집에 와서 라이딩 기록을 정리하니 세상에나! 4,000킬로미터를 넘게 달렸다. 6월 말에 자전거를 타기 시작했는데 불과 5개월 만에 4,000킬로미터 돌파라니! 한 달에 800킬로미터를, 매일 25킬로미터를 달린 셈이다. 지하철이나 버스가 아닌 자전거로만 이동한 결과였다. 아직도 사고 후유증에서 완벽하게 벗어나지 못했다. 두려움은 아마 자전거를 타는 내내 짊어지고 다녀야 할 일부분일지도 모르겠다. 살아온 날보다 살아갈 날이 훨씬 적은 나이가 되었다. 이젠 해보고 싶었는데 포기하거나 건강이나 체력이 모자라 안 된다고 지레 겁먹지 않을 것이다. 소극적인 마음을 앞세워 내 남은 삶의 무한한 가능성을 놓치고 싶지 않다. 언제까지나 희망으로 가득한 내 삶의 주인이 되고 싶다.

"매일 매일 조금씩 익히고 연습하자."

"처음부터 잘하는 사람은 없어."

"일만 시간의 법칙을 잊지 말자."

세 아이를 키우면서 입이 닳도록 한 말인데 이젠 나에게 하고 있다. 엄마로서는 쉽게 내뱉던 말들이었는데 그 실천이 어려운 것임을 아이들이 다 큰 지금에야 느끼고 있다니. 그것도 자전거를 타게 되면서 깨닫게 될 줄이야. 인생 참 재미있다. 도저히 안 될 것 같다며 미뤄뒀던 목표에 될 때까지 도전했고 드디어 성공했다. 열심히 자전거를 타는 동안 내내 즐거웠다. 산을 넘을 때마다 내가 대견했다. 그때마다 나를 칭찬해주었다.

"영미야 잘했어. 정말 멋졌어."

더도 덜도 말고 지금처럼 안전하게 오래오래 자전거를 타야지. 자전거야, 구순이 되어서도 우리 친하게 지내자. 네가 녹슬지 않게 내가 열심히 달려볼게.

자전거 인생에 새 역사를 쓰다

자그마한 나의 자전거를 타고 달린 지 두 달이 되었다. 여전히 오르막은 버겁고 내리막은 두렵다. 그런 인내와 스릴이 없다면 자전거 타는 재미가 무엇이랴. 그리하여 나는 일본 자전거 여행을 떠난 김에 평지가 아닌 진짜 산에서 자전거를 타고 내려오는 진기한 체험을 하고 말았다.

일본 고베 자전거 여행 중에 롯코산에서 다운힐을 연습할 기회가 생겼다고 해서 냉큼 달려갔다. 일본 롯코산은 고베 시내에서 바라보면 서쪽에 위치한다. 일본

명산 중 하나로 정상에 오르면 고베 시내와 바다를 한 눈에 내려다볼 수 있다. 특히 산자락을 따라 펼쳐진 롯코산 목장은 최고의 관광지로 손꼽힌다. 롯코산의 높이는 931.6미터. 경사가 급해 업힐 연습은 아무래도 무리다. 더군다나 정상 부근은 도로가 휘어져 있다 보니 초보에겐 너무 난코스다. 우리는 정상에서 조금 더 내려와 연습하기로 했다. 쉬울 거라고는 했지만 자칫 큰 사고로 이어질 수 있기 때문인지 출발 전부터 제이크는 반복해서 다운힐 요령을 차근차근 설명해주었다.

"첫째, 핸들을 꼭 붙잡아야 합니다. 반드시 브레이크는 천천히 나누어서 잡으세요. 둘째, 경사 길에서 코너링 할 때는 최대한 넓게 해야 합니다. 그래야 최소한의 기울기로 수월하게 통과할 수 있습니다. 셋째, 코너링을 하는 도중에는 절대 반대편 차선으로 침입하지 않습니다. 넷째, 도저히 힘들어서 안 되겠다 싶으면 버티지 말고 반드시 안전한 곳에서 정지하세요. 특히 코너를 돌고 난 다음에 나오는 길은 예측이 어려우니 시야는 가능한 한 멀리 넓게 보셔야 합니다."

쭉 뻗은 도로를 내려다보는 것만으로도 엄청나게 긴

장되었다. 출발 전에 얼마나 많은 심호흡을 했는지 모르겠다. 스트레칭을 충분히 하고 안장에 앉았다. 하지만 심장이 튀어나올 것처럼 마구 가슴이 뛰었다.

"자, 출발합니다. 무조건 저만 믿고 따라오시면 안전합니다."

출발과 동시에 자전거는 미끄럼틀에서 굴러 떨어지는 공처럼 엄청나게 빠른 속도로 내려갔다.

"어, 어, 어!"

주춤거리는 나의 외침이 끝나기도 전에 첫 회전 길을 돌고 있었다. 핸들을 살짝만 돌려도 쏜살같이 미끄러져 내가 예상한 자전거의 주행 각이 크게 바뀌었다. 핸들은 아주 조금씩 천천히 돌려야만 했다. 무사히 코너를 돌았다고 생각하는 순간, 바로 두 번째 코너가 나타났다.

'앗, 이 구간이 바로 블라인드 코너로구나.'

코너를 통과한 후 가슴을 쓸어내릴 틈도 없이 전혀 예측할 수 없는 길이 바로 눈앞에 나타났다. 숨도 못 쉬고 내달리는 사이 두 번째 코너를 무사히 통과했다. 이후에는 직선 길이 이어졌다. 긴장을 늦추지 않고 숨을 깊게 들이마셨다가 길게 내뱉으며 쿵쾅거리는 마음을 가라앉히려 애썼다. 쪼그라들었던 심장이 누그러지며 가슴이 조금씩 진정되었다. 하지만 방심은 금물. 얼마 가지 않아 다시 코너가 나타났다. 처음보다는 조금 여유가 생겼다. 핸들의 각도나 페달의 속도가 감이 오는 듯 했다. 그런데 갑자기 반대편에서 차량이 튀어나오는 게 아닌가! 그 차는 마치 나를 향해 금방이라도 돌진할 것처럼 보였다.

'영미야, 진정해! 당황하지 말자!'

나는 스스로를 다독이며 차선 바깥쪽으로 천천히 코너링을 시도했다. 역시 점점 나아지는 것이 보였다. 그렇게 몇 번의 코너를 돌았는지 모른다. 코너 개수를 셀 여유도 사라졌다. 우리는 수없이 많은 코너를 돌고 또 돌았다. 저 멀리 우리를 기다리고 있는 현식의 지프 차량이 눈에 들어 왔다.

'아, 드디어 끝났구나. 무사히 도착했구나.'

긴장을 늦추지 않고 제이크가 알려준 지침을 그대로 따르며 달리다 보니 어느새 10킬로미터 가까운 거리를 다 내려왔다. 내리막길에서는 점점 가속이 붙는 자전거의 속도를 어떻게 알맞게 줄이느냐가 관건이다. 앞서가는 제이크의 뒷모습만 보며 무조건 그를 따라 똑같이 페달을 돌리고 핸들을 움직였다. 여기가 롯코산인지 어딘지는 안중에도 없다. 일단 출발했으니 무사히 내려올 수 있다는 간절한 믿음만으로 달렸다. 오늘 또 한 개의 봉우리를 넘어섰다. 뒤늦은 나의 자전거 인생에 새 역사를 쓴 날이다. 장하다, 영미야.

오늘도 난 연습을 게을리하지 않는다

오늘은 한강을 중심으로 다섯 개의 천(川)과 여섯 개의 구(區)를 누비고 다닐 예정이다. 중랑천-정릉천-성북천-청계천-우이천과 성동구-노원구-도봉구-강북구-성북구-동대문구까지. 오늘의 자전거 여행 타이틀은 좀 거창하다. 이름하여 '지우아빠 응원 라이딩.' 지우아빠는 같은 동호회 회원인 진쓰의 또다른 타이틀이다. 초보아빠의 좌충우돌 육아생활기도 들을 겸 떠난 가벼운 자전거 여행이었다.

서울숲에서 야외 브런치를 즐기고 중랑천을 따라 노

원으로 향할 때까지도 밍의 페달은 잘 돌아갔다. 중랑천 자전거길에서 노원으로 빠져나가는 길이 가파르긴 했지만 문제없었다. 그런데 언젠가부터 후미에 있던 일행이 보이지 않았다. 한참 후에야 도착한 그들은 밍이 넘어졌다는 소식을 알렸다. 자전거를 탄 지 세 달 정도 지났는데 아마도 그동안 라이딩을 거의 하지 못한 모양이다. 우리들과 처음으로 자전거를 함께 탄 날 그녀는 나의 첫 라이딩과는 비교할 수 없을 만큼 무척 여유 있어 보였다. 그리 어려운 길은 아니었는데. 그룹 라이딩을 하다가 넘어지면 별거 아닌데도 신경이 쓰이고 긴장이 된다. 오르막길이 아직 익숙지 않아서인지 밍은 진쓰의 전기자전거로 바꿔 타고 올라왔다. 머쓱하게 웃는 모습에서 1년 전 내가 투영되었다. 다시 평지다. 밍이 본인의 자전거로 바꿔 타고 다시 라이딩을 시작했지만 변속도 자유롭지 못한지 자주 섰다. 인도나 턱이 높은 도로를 통과하거나 횡단보도에서 정지했다 다시 출발하는 것도 초보 라이더에겐 힘든 일이란 걸 나 역시 잘 알고 있다. 다행히 식당까지는 무탈하게 도착했다.

맛있고 즐거운 점심 식사를 마치니 시원한 아이스

아메리카노가 그리웠다. 근사한 카페가 여기서 그리 멀지 않다며 제이크가 앞장섰다. 지도상으로 5킬로미터 남짓이다. 자전거로는 20여 분이면 도착할 수 있다. 그런데 지도검색을 '걷기'로 한 것이 문제였다. 안내해주는 길은 큰길이 아닌 골목길이고 업다운의 연속이었다. 현 위치에서 정릉까지 가려면 험한 삼양동 언덕을 통과해야 했다. 좁은 골목길에서 사람들을 피하는 것도 쉽지 않았지만 선두의 예상치 못한 우회전, 좌회전을 따라야 하니 긴장되고 피곤했다. 더욱이 강북의 골목은 직선이 아니고 꼬부랑길의 연속이라 초보자는 더욱 힘들었다. 하나의 업힐이 끝나고 이제 평지인가 싶으면 다시 업힐을 해야만 했다. 급경사인 좁은 차도 옆으로 오르는 길은 긴장의 끈을 늦출 수가 없었다. 작년 이맘때 이곳에 왔더라면 자전거를 탈 엄두도 내지 못하고 마냥 끌고 올라갔을 것이다. 하나의 고개를 오를 때마다 쉬어가기를 여러 번. 마지막 언덕은 터널이다. 그냥 터널도 아니도 업힐로 올라서서 터널 안의 좁은 길을 통과해야만 했다. 제이크가 초보자에겐 무리라고 판단했는지 특별제안을 했다.

"밍은 지하철로 한 정거장 이동하는 것이 좋겠어요. 나머지 분들은 저를 따라오세요."

1년여의 경력 덕분인지 나는 선두로 위험 구간을 무사 통과했다. 후미팀을 기다리는데 소식이 없다.

"딩동"

메신저에 소식이 올라왔다.

"김마에는 탈진함. 밍과 제시카는 집으로 갔음."

어째 이런 일이? 1년 이상 함께하면서 이런 일은 결코 없었는데. 밍은 언덕이 앞에 나타날 때마다 계속 자전거를 끌고 오르기도 힘들고 다른 분들에게 폐를 끼친다고 생각했나 보다. 제시카도 익숙지 않은 언덕이 부담스러워 밍과 동행한 것 같았다. 그럼 김마에의 탈진은? 그는 전날 자전거 청소한다고 목욕탕에서 윤활제를 너무 많이 사용한 후유증으로 잠시 탈진했었다가 이내 회복해 합류했다. 아쉽게도 두 사람이 중도 탈진한 장소는 바로 목적지 앞이었다. 몇 분만 견디고 라이딩을 했으면 목적지에 도착했을 텐데.

터널을 통과하고 내리막길을 내려오니 정릉천이었다. 우리 모두 전쟁에서 돌아온 병사처럼 에너지가 방전되어 근처 카페로 향했다. 카페 주인장은 우리 골목길의 소중함을 알리고 지키는데 힘쓰고 있었다. 나의 고향인 돈암동에서 가깝고 중학교 시절 친구들이 많이 살던 동네여서인지 더욱 친근했다. 카페 앞 정릉천 역시 날 놀라게 했다. 북한산 계곡처럼 암반이 그대로 노출되어 있었다. 사람의 손길이 닿지 않은 자연 모습 그대로였다. 얼마 전 지나간 장마와 태풍의 영향으로 수량이 풍부하게 흐르는 천은 유명 계곡 못지않게 멋졌다. 이곳이 진정 삼각산 자락의 계곡임이 실감 났다. 카페에서 오늘 올랐던 오르막길 이야기를 나누느라 웃음이 끊이지 않았다. 어려움을 넘어서니 모두 즐거운 추억이 되었다. 중간에 집으로 간 두 사람까지 함께했다면 완벽한 라이딩이었을 텐데. 아쉬움이 많이 남았다. 1년여의 라이딩 역사 중 가장 힘든 날이라고 해도 과언이 아니다. 하지만 끊임없는 연습의 결과로 오늘의 최강 업다운을 즐길 수 있었다. 길을 나서면 펼쳐지는 예기치 않은 상황들을 즐기기 위해 난 오늘도 연습을 게을리하지 않을 것이다.

이른 새벽, 난 오늘도 어딘가를 향해 자전거 페달을 밟는다. 모처럼 새벽하늘이 화려하다. 하늘을 보니 마음도 상쾌하게 파란 하늘을 보여준다. 얼마 만에 만나는 파란 하늘인지! 하마터면 잊고 살 뻔했다. 우리 자주 보고 살자.

자전거를 타면서부터 일상은 여행이 되고 길은 친구가 되었다. 친숙하고 편안함 속에 매일 조금씩 달라지는 친구의 모습이 정겹다. 처음 가보는 생소한 길은 긴장과 설렘이 가득하다. 낯선 길에서 만날 새 친구는 어디서 어떤 모습으로 날 기다리고 있을까?

가슴 설레는 봄날, 폭염으로 숨쉬기조차 힘든 여름날, 알록달록 단풍이 낙엽 비가 되어 내리는 가을날, 마음의 문까지 닫고 싶은 추운 겨울날까지. 길 위에서 만날 바람, 꽃, 풀, 나무, 하늘, 강 그리고 사람을 상상하며 페달을 돌린다.

오늘은 어떤 길을 만날까?